石田衣良
ISHIDA IRA

PRIDE《プライド》

池袋ウエストゲートパークX
IKEBUKURO WEST GATE PARK X

文藝春秋

PRIDE―プライド　池袋ウエストゲートパークX　目次

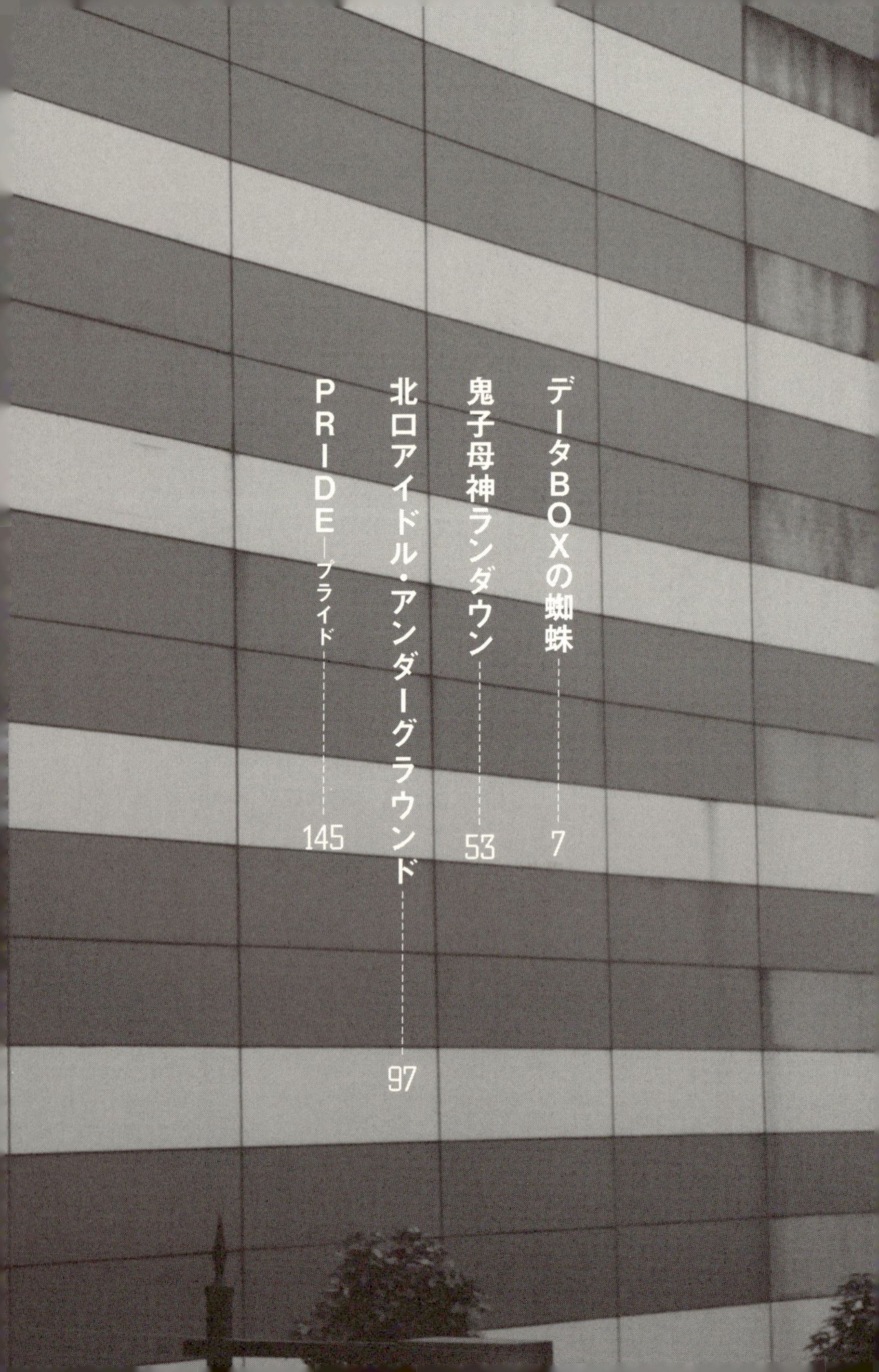

写真（カバー・目次）　新津保建秀
装幀　関口聖司
イラストレーション　増田寛

PRIDE―プライド

池袋ウエストゲートパークX

データBOXの蜘蛛

おれたちはいつも、ちいさな爆弾を抱え歩いている。

ポケットにはいる秘密の小箱は、いまやおれたちの命綱だ。たまに忘れて外出したりすると、丸裸になったような心細さになるのだから、心底いかれてる。薄っぺらなマシンのなかには、あんたのオフィシャル&プライベートな生活情報がぎっしり。そいつはいつ破裂するかわからない、致命的な危険物だ。

もちろんそこには情報だけでなく、あんたの大好きなアイドルの音楽ファイルや、ロシアの文豪の小説だってダウンロードしてあるかもしれない。写真だって何百枚もためてあることだろう。家族や友人だけでなく、とおりすがりの芸能人やかわいい小型犬の写真なんかもね。メールに至っては、もう数え切れないくらい。どのフォルダーもぱんぱんにふくれていることだろう。

現代日本人は短い便りを歴史上もっとも膨大に送りつけあってる、暇で孤独恐怖症の人間なのだ。誰かとつながっていなければ、不安でしかたなくなる生きもの。それは大人も子どもも関係ないんだ。もっともその大切なメールの九割は、まるで意味のない空《から》メールと変わらないんだけどな。

　考えてみれば、おれがガキのころはそんな爆弾、誰ももっていなかった。まあ、それだけのテクノロジーもインフラもなかったからね。携帯電話って、この十年ばかりのうちに生まれたたくさんの新語とよく似てるよな。格差社会とか勝ち組負け組、仮面うつ病とか非正規ワーカー、自己チューとか学級崩壊なんか。どれも悲しくなるくらいこの世界を射貫いていて、人をつなげるよりも人を差別してばらばらにしていく働きしかしないのだ。

　今回の話は、冬を迎えた池袋で起きた悲しい恋の終わりの物語。とはいっても、おれの失恋じゃないよ。そんなことがあったとしても、おれは自分のことは絶対に話したりしない。ブログなんかやってるやつが多いけど、ああいう垂れ流しはどういう神経なんだろうか。

　電子メディアで誰かとつながるなんていうのは、池袋の街がユートピアだっていうのと同じで、まったくの勘違い。

　あんたもああいう情報の「夢の島」なんて、信じちゃいけないよ。

　あそこに積んであるのは未来の夢じゃなくて、つかい古してぼろぼろになった情報の断片にすぎない。まあ、いつものおれの話みたいなものだ。


　この冬、池袋で一番の話題といえば、なんといっても家電量販店の頂上決戦だろう。

　池袋はもともとビックカメラの城下町で、わが家にある家電製品のほとんどは、あの店のポイントカードをつかって購入したものだ。

それが、平成になって何度目かわからないデフレ不況が到来すると、いよいよ副都心池袋もやばくなってきた。小売はどこも厳しいけれど、高級品は全滅。三越の池袋店はあっさり閉鎖。あんなでかいビルをどうするんだと思っていたら、やってきたのは北関東のヤマダ電機だった。しかも店名がふるってる。日本総本店。なんでもあのチェーンの日本最大の店舗になるんだそうだ。もちろんビックカメラだって黙っちゃいない。東口の三店をリニューアルして迎え撃った。

おれは別にほしいものもなかったけれど、ちゃんと見学にはいってきた。江戸っ子のつねで、ミーハーなのだ。もっとも開店直前に一万五千人集まったというオープニングの当日ではない。ラーメン、ディズニーランド、家電量販店、どこでもいいけど、おれは行列が大嫌いだ。

どのフロアもものすごい人だかりで、商品を見るのは早々にあきらめ、さっさと七階のレストランフロアにあがった。さすがにこっちはそんなに混んではいなかった。おれがはいったのはパスタもだすようなありがちなカフェで、きこえる言葉の半分は中国語。人疲れしてぐったりしていると、携帯電話が震えだした。おれは着信音も着メロも苦手だ。どうにもあれは暴力的。

届いたのは、見知らぬ相手からのメールだった。こういうのはたいてい、いくこともないショップか、やる可能性ゼロのネットゲームの宣伝だから、普段ならすぐに削除するんだが、そのときはなぜか開いてしまった。それが最初の間違い。

＞拝啓　真島誠《まじままこと》さま
＞はじめまして、当方
＞㈱ライフゲートの研究開発部

＞部長を務めております
＞松永悟《まつながさとる》と申します。
＞トラブルシューターとして
＞高名な真島さまに、
＞おりいってお願いしたい
＞儀がございます。
＞ぜひ、今日明日中にも
＞お時間をいただけないでしょうか。
＞よろしくお願い申しあげます。
＞ちなみにこのアドレスは、
＞ご友人の安藤崇《あんどうたかし》さまから
＞うかがいました。
＞ではでは、失礼いたします。

お願いしたい儀。おれのダチにはこういう文章を打てるやつは、まずひとりもいない。ちいさなディスプレイの文字が妙に立派に見えるから、言葉って不思議だ。絵文字や、デコメもなし。

またタカシが面倒な仕事をおれに押しつけてきたようだった。

まあ、基本的におれはいつも退屈してるから、おもしろいネタならいつだって大歓迎なんだけどね。

誰もが携帯中毒になるのは、無理ないのかもしれない。

おれが最初にやったことは、携帯をiモードにつないで検索エンジンを呼びだすことだった。あったかなカフェラテをのみながら、椅子から一歩も動かずにそんな芸当ができるのだ。ある意味、携帯はもち主よりも賢い。

ライフゲートで検索すると、さっそく三百件近くのサイトがあがってきた。なんでもライフゲートは自前のポータルサイトを核とした、メディア・広告業を展開しているという。その手のIT企業のなかでは中堅だが、最近は非常に勢いがいいのだとか。いち早く韓国のネットゲームの大手と手を組んで、日本版を立ちあげたのだ。本社は豊島区東池袋四丁目。あの再開発地にあるオフィスビルのなかだった。

おれはサラリーマンの経験はないから、部長というのがどれくらいえらいのかよくわからなかった。社長と平社員のあいだにある急な階段のちょうどまんなかくらいかなと思っただけである。すこし冷めてきたカフェラテをすすって、つぎに池袋のガキの王に電話した。とりつぎがでて、すぐに代わる。タカシの声は東京の木枯らし一号のように耳に冷たい。

「なんだ、マコト、忘年会の誘いか」

驚いた。自分からのみの誘いをするなんて、よほどGボーイズの雑務がいそがしいのだろう。孤独で働き者の王さま。

「タカシがそういうなら、二、三人かわいい子をセッティングして、忘年会を開いてもいいぞ」

電話のむこうで急に気圧がさがったようだった。

「雑談につきあう時間はない。用件は？」

おれはガラスのむこうの通路を見た。でかいダンボール箱をもった家族がぞろぞろと歩いている。もうランチタイムが始まるのだろう。これが不景気なら、ずいぶんぬるい不景気だ。

「ライフゲートの開発部長、なんて名前だったっけ？」

あっさりとタカシがいった。やつの記憶力は携帯電話のフォルダーなみ。

「松永悟」

「そうそう、そいつからていねいなメールをもらった。タカシはエリートビジネスマンにも顔見しりがいるんだな」

「友人でも顔見しりでもない。やつの会社で、Gボーイズの何人かがアルバイトをしていてな。そのつてで表ざたにせずにトラブルを解決する方法がないか尋ねられた。ただそれだけだ」

「じゃあ、Gボーイズは今回の件では中立なんだ」

「そうだ。ただ話によると、やつはライフゲートの創立メンバーのひとりらしい。たっぷりと株をもってる。あそこはもう東証マザーズに上場してるからな」

「ふーん」

おれのクライアントで金もちはめずらしい。というより池袋の街に、そんなやつはめずらしいんだけどね。タカシはビジネスマンのように冷静な声でいった。

「ライフゲートは地元の優良企業だ。おまえとGボーイズで貸しをつくっておけば、悪いことはない。まあ、せいぜいがんばってみろ」

また計算高い王さまの気まぐれな命令だった。

「ははあー、ありがたい仰《おお》せでごぜーます。ちょっとメールの返事をいれてみる。タカシがそういうんだから、なにかあったらＧボーイズの手を借りてもいいな」

「かまわない。だが、今回はきちんと料金を払ってもらう。相手は金もちだ。おまえがしっかり交渉しろ」

「なんだ、それ。おれが金の話が苦手なの、おまえも……」

いきなりガチャ切りされた。なんというか、これほど腹が立つことはない。昔ならガチャ切り一回で決闘騒動になったはずだ。痛く名誉を傷つけられる。白手袋でタカシの頬を打つところを想像して、すこし気分がよくなった。

おれはしかたなく、新興ＩＴ企業の開発部長にメールを送った。


おれはお願いの儀なんて言葉はつかえないので、いつものとおりのタメ口のメールだ。二度ほどやりとりして、その日の午後五時にライズシティの広場で会うことになった。いったんヤマダ電機からうちの店にもどり、いつものように冬の果物を売った。といってもこのところ、果物屋の店先からも季節感は急速に失われている。青森産のむつや王林《おうりん》やふじにまざって、普通にマスクメロンやマンゴーもあるのだ。まあ、猛烈にボイラーで油をたいてつくった、まったくエコじゃないフルーツだけどな。でも、おれなんかは思うけど、エコって不景気と同じくらいたのしくない。別にガソリンと電気を節約するくらいはかまわないが、生きることまで無駄をはぶいてエコにしなくてもいいんじゃないだろうか。

四時半になって、おれはおふくろに声をかけた。用件をいうと、とたんに敵は目をつりあげた。

「なんだよ、夕方のかきいれどきに。また金にもならないハンパ仕事かい」

おれは胸を張っていってやった。

「相手は絶好調のＩＴ企業の研究開発部長なんだ。今回金はうなるほどあるんだ」

おれが相手にしているトラブルはほとんど金のないこの街のガキのものばかり。おふくろはあれでも、それなりに息子の経済状況を心配しているのかもしれない。なにせ、店の月給はびっくりするくらい安い。

「たんまりギャラをもらえそうなの」

わからないが、タカシはノーギャラでは今回は働かないといっていた。

「ああ、札束がどさどさ降ってくるかも」

おふくろがにやりと魔女の顔で微笑《ほほえ》んだ。

「よし、わかった。店番はまかせときな。その代わり、しっかり稼いでくるんだよ、マコト。金がはいったら、うちの冷蔵庫新しいの買っておくれ、ヤマダのチラシでいいの見つけたんだよ」

「はいはい」

なにもめったにない息子のもうけ話に、すぐのることはないじゃないか。計算高い女。やっぱり貧乏人の母は強い。それでなくちゃ女の細腕一本で、この池袋駅まえの店を守っていくのは困難だ。

夕方五時まえというと、東京の空は暗くなっていた。ひと月もまえからクリスマスのイルミネーションが始まっているので、デパートの周辺はどこもひどくにぎやかでロマンチックだ。まあ、例年のごとくおれにはプレゼントもイブのディナーもぜんぜん関係ないけどね。

ガードしたをくぐり、西口から東口にでた。グリーン大通りをまっすぐにすすむと、再開発された一角に地上四十階プラスアルファの超高層ビルが見えてくる。なんでもセキュリティ万全のハイテクマンションらしいが、おれにはこちらも関係なかった。誰かに盗まれるのを防ぐには、単純になにももたなければいいのだ。おれやうちの店みたいに。

クスノキの植栽をとおり抜けて、ビルの谷間の広場にはいった。地下鉄の東池袋駅におりる階段に会社員や学生が流れこんでいく。枯葉を吸いこむ排水溝みたいだ。おれがぼんやり突っ立っていると、ビジネス棟からグレイのスーツの男がやってきた。流行の細身のダブル。柄はグレンチェックだ。今シャワーを浴びたばかりというようなさっぱりした顔をしていた。

「真島誠さんですか。松永です」

声は低くて、よく響く。いわゆる二枚目声。なんだかおれまで硬くなる。うなずいていった。

「どういうトラブルかわからないけど、おれなんかよりもすぐに警察いったほうが解決は早いよ」

思ってもみなかったことを口にしていた。やっぱりおれは商売がへただ。

「いえ、警察はちょっと困ります」

松永は腕時計を見ていった。

「時間がありません。ここではなんですから、コーヒーでものみましょう」

おれはライズシティの空を見あげた。サンシャインに負けないくらいの高さのガラスの壁が、冬空にそそり立っている。吹きさらしのビル風は真冬の冷たさだった。おれは得体のしれない開発部長と、ビジネス棟にもどり一階にあるカフェにはいった。


凍えた指先でつかむあったかなマグカップっていいよな。なかには香り高いカプチーノ。むかいにいるのが渋いおっさんというのが問題だが、これは仕事だ。腰を落ち着けると、松永がいった。

「真島さんは信用できる人だと、いくつかの方面からききました。今回はビジネス上の極秘情報がからんでいるので、どうかご内聞《ないぶん》に願います」

儀とか内聞とか、おれの辞書にはない言葉が、今回はよくでてくる。さすがにビジネスマンで、おれの信用調査はタカシ以外のところでも完了しているようだった。

「そもそもトラブルの発端はなんなの」

松永は半分ほど埋まった周囲のテーブルに視線を走らせた。上着の内ポケットから、なにかとりだし、おれの目のまえにおいた。

「モデルはこれと同じものです」

米粒のようなフルキーボードのついたスマートフォンだった。この一台で携帯電話とパソコンの中間くらいの機能がある。おれの三世代もまえの携帯とはえらい違いだった。薄くて水銀みたいに丸っこくてぴかぴかしてる。なにせ最近の携帯は高くて、かんたんには新型にできないのだ。松永は声を潜《ひそ》めた。

「盗まれたのか、落としたのかわからない。何者かがわたしの携帯電話を手にいれて、そのなかの情報を元に脅しをかけてきた」

「ちょっと待ってくれ。最近の携帯ってどっかに落としたら、すぐに遠隔操作でロックとかできるんだろ」

それくらいはメカ音痴のおれだってしっている。松永は表情を変えずにいった。

「携帯のキャリアに連絡をいれて、遠隔操作で本体のボタン操作やクレジット機能はロックをかけた。脅迫があったのは、そのあとだ」

うーん、なんだか面倒な話。なぜ、ロックのかかった携帯から情報が漏れたのだろう。

「わたしはパソコン代わりに失くした携帯をつかっていて、うちの会社の新規案件や重要事項も入力してある。二百人を超える取引先の連絡先に、これから先何カ月分ものスケジュール。社外秘の情報とわたしの信用問題がかかっているんだ。これは非常に深刻な事態だと考えてほしい」

ますますおかしな感じがしてきた。探りをいれてみる。

「そんなに重要な情報なら、おれなんかより絶対警察のほうが頼りになるよ。だいたいおれはネットとかハイテクとか弱いんだ」

おれがまともにあつかえる家電製品は、薄型テレビくらい。ブルーレイレコーダーもＨＤＤの操作になるとちょっと怪しい。松永はじっとおれの目を見てから、腕組みをした。

「まいったな。これはここだけの話にしてもらいたいんだが、いいかな」

　腕利きの調査員にでもなった気がしてきた。ＩＴ探偵、マコト。

「まあ、うちはまだ業界ではほんとうの大手というわけじゃない。それでも、わたしは創設時のメンバーで、そろそろつぎのステップに手がかかるところまできている。部長のつぎは取締役だ。会社員にとっては、ひとつおおきな壁を越えることになる。今はあまり身辺で騒ぎを起こしたくないのだ」

　おれは目のまえの男に目をやった。それだけの情報が漏れだしていたら気が気ではないだろうが、どっしりと落ち着いている。さすが次期重役。

「それで相手って、どんなやつなんだ？　どんなふうに接触を図ってきた？」

　松永は初めて困った顔をした。


　冬のアイスコーヒーをのんでも、部長の額にはうっすらと汗が浮いていた。

「わたしが携帯電話を紛失したのは、二週間ほどまえになる。遠隔ロックをかけ、遺失物届けを提出したのは翌朝だ。仕事に不便だし、もうでてくることはないだろうと思い、すぐに新しい携帯を買った。情報はロックで安全だとたかをくくっていたんだ。勤務先に手紙が届いたのは五日後だった。これだ」

　松永が今度はどこにでも売っているような白い封筒をテーブルにおいた。宛名は㈱ライフゲート　研究開発部　松永悟部長。定規で引いたような角ばった筆跡だった。切手の消印はかすれて読みにくいが池袋本町とあった。北池袋の駅のむこうのすぐ近くの郵便局だ。

「中身を読んでもかまわないか」

松永がうなずいて、おれはＡ４のプリントアウトを抜いた。

松永悟さま
おたくの携帯電話を拾った者だ。こちらは別におたくを脅迫するつもりはない。ただ正当な謝礼がほしいだけだ。届け先を探すために、内部の情報はすべて見させてもらった。これほど価値ある情報なら、きっとほしがる誰かがいることだろう。謝礼の額はそちらで考えておいてもらいたい。
親切な拾い主

そのあとには、アドレスが一行だけ。おれは顔をあげていった。

「もうここには連絡したのか」

「ああ、何度か。謝礼はだんだんとつりあがって、今では六百万円までできている」

携帯電話ひとつの値段が六百万！　考えられない。さすがに金もちは違う。

「じゃあ、さっさと払って、携帯をとりもどせばいいじゃないか」

「問題はそこなんだ。わたしが心配しているのは、この脅迫が一回性のものかどうかということだ」

なるほど。その心配はおれにだってよくわかった。かんたんに手にいれた金はすぐに蒸発してしまう。なくなれば、親切な拾い主はまたつぎの仕事にかかるかもしれない。最初の親切が、つぎは強欲に変わる。資本主義の合理的な発展形態だよな。

「情報なんてコピーしてしまえば、いくらでも複製がつくれる。携帯をとりもどしても、松永さんはいつまでたっても安心できない」

開発部長は苦虫をかみつぶした顔でいった。

「そういうことだ」

おれは短い手紙のしたにあるプリントを見た。こちらのほうには、「アヴァタープラネット・オンライン事業計画書」とある。

「来年の夏に立ちあげる新規プロジェクトだ。ライバルの何社かは、この企画書がのどから手がでるほどほしいだろう。うちはオンラインゲームでは先行している」

いくらおれの頭の回転が速くても、すこし事態の進行が急だった。おれはその日二杯目のカプチーノをすすって、しばらく窓の外に目をやった。ライズシティの広場は池袋的というよりも、六本木・青山的だった。おれにはぜんぜん似あわないってこと。

「そっちがどうしたいのか、だいたいわかったよ。なんとかして、携帯電話をとりもどす。金を払うのは、別にどちらでもいい。だけど、その場合絶対に二度と脅迫をさせないように手を打ちたい。できるなら犯人の手元にのこされているかもしれない携帯の情報も、完璧に回収したい」

部下の優秀な開発者でも見る目で、やつはおれを見た。

「そのとおり。さすがに池袋イチのトラブルシューターだ。それで……」

めずらしく切れ者が言葉を選んでいた。

「クライアントなんだから、なんでも話してくれ」

声のボリュームをさげて、次期取締役がいった。

「……その、マコトくんと懇意にしているGボーイズには……なんというか、実力行使の部隊があるそうだな」

懇意？　実力行使？　うーん、日本語はむずかしい。

「それって、突撃隊みたいなやつのことか」

「ああ、まあそういうことだ」

上品な返事をきいて、おれは腹を抱えて笑い声をあげてしまった。ガラス張りのクールなカフェにおれのバカ笑いが響く。あんまりいい音じゃないけどな。

「なんだ、おれ、半分しか松永さんの依頼をわかってなかったんだな」

部長がにやりと笑った。おれは続けた。

「要するにそっちとしては、拾い主を骨の髄《ずい》までびびらせたい。そこで、Gボーイズの手を借りたい。あんたは最初、タカシに何人かこわもてのガキを貸してくれといったんだろ」

「気がついたんなら、しかたない。マコトくんのいうとおりだ」

おれはカプチーノをのみほしていった。

「だが、タカシはそんなふうにかんたんには自分の部下を貸したりはしない。いくら金を積まれてもな。で、やつはあんたを探らせるために、おれを紹介した」

松永は悪びれなかった。淡々と認める。

「きっとそのとおりなんだろう。けれども、今回の脅迫事件では誰が悪者で、誰が被害者かははっきりしている。きみはわたしの味方になってくれるか、マコトくん」

ようやく相手の腹の底が読めて、おれはうなずいた。

「わかった。タカシの紹介じゃ嫌とはいえない。まずなにをすればいい」

この冬のトラブルの司令塔は、おれでなく松永のようだった。まあ、おれよりもずっと優秀なのは確かだろう。おれは一生どんな会社の取締役会にも顔をだせそうにない。

「時間がもったいない。さっさと携帯の取引をして、相手に金をわたす。金額の交渉はマコトくんのほうで、動いてもらってもいい。差額はきみのとり分にしよう。Gボーイズへの謝礼はまた別で、そちらのほうはわたしと安藤くんで話しあう」

即断即決が気もちよかった。この男はビジネスの場でも優秀に違いない。なんといってもIT関連はスピード勝負だからな。松永がスマートフォンをテーブルからとりあげた。おれも自分の携帯をだし、やつにむける。赤外線通信。おれが受けとったのは、脅迫犯のアドレスと松永の連絡先だった。


松永は腕時計を確かめた。なぜかそいつはデジタルでなく、アナログ式の黄金のスイス製。黒い鰐皮《わにがわ》のベルトが渋い。

「あと十分ある。受けわたしはどうすればいいだろう」

もう半分、仕事は終わったようなものだった。

「どこか人目につかないところがいいかな。やつらも目立ちたくはないから、賛成するだろう。周囲をGボーイズで包囲して、金をわたすと同時に一気に制圧する」

開発部長が目を輝かせた。ひどくうれしげ。

「痛めつけるのか？」

「そんな無駄なことはしない。だが、なにをするかわからないという恐怖は植えつけるんだろうな。タカシはそういうのがバカみたいに上手いんだ」

松永はがっかりしたようだ。すこしテンションがさがった質問をしてきた。

「再犯防止になにをする？」

おれはこれまでのその手の脅迫事件を思いだしてみた。適当にこたえる。

「相手もひとりじゃないだろう。ボス格を人質にして、複製をすべてもってこさせてもいいし、逆にこちらがやつらの携帯を押さえて、個人情報をいただいてもいい」

「なるほど。いつでも彼らが自分の家に復讐にくると思えば、そうそうつぎの脅迫などには踏み切らないか」

松永は夕闇の迫る再開発地のカフェで、しげしげとおれを見た。おれは商売用の笑顔を固定した。こいつが一番心のなかを読ませないからな。やつは上着のポケットから封筒をだして、おれのまえにおいた。いきなり右手をさしだしてくる。

「わたしは安藤くんから、こうきいていたんだ。池袋でしのいでいくなら、マコトくんとしりあいになっておいたほうがいい。あいつは実に便利な男だと。これは着手金だ」

おれは松永と握手した。薄くて冷たいてのひら。

「遠慮なく、もらっておく。もう時間だろ。おれは帰ってから、受けわたしの日時を指定するメールを書くから、それをチェックしてくれ。オーケーなら、そっちの携帯から相手に送ってくれ。とりあえず時間は、明後日の夜十一時でいいか」

松永はスマートフォンでスケジュールを確認していった。

「かまわない。これからもなにかあったら、よろしく頼む」

軽く会釈をよこした。おれは腕利きのエージェントにでもなった気がした。なんといっても懐《ふところ》には機密費がたんまり。まったく今回は悪くない仕事。


店にもどって、銀行の封筒をそのままおふくろに投げてやった。

「なんだい、これ」

むつの山から拾った封筒を開き、なかを見る。おれは余裕たっぷりにいってやった。

「冷蔵庫でも、洗濯機でも、好きなもの買いな」

「なにいってんだよ、バカ。こんな怪しい金をつかえるかい」

おふくろが抜きだしたのは、しわひとつない一万円の新券が二十枚。なんだかきれいすぎて精巧な模造品みたい。

「別に怪しいもんじゃない。おれがこれからメールの名作を書くんだ。その原稿料みたいなもんかな」

「ふざけるんじゃないよ。いい加減にしな。なんだかしらないけど、トラブルが全部片づいたら、よろこんでつかわしてもらう。それまではそこにでもあげておきな」

店の奥にある神棚を指さす。おふくろは古い女なのだ。しかたなくおれは神棚のうえに封筒をおき去りにして、二階にあがった。いいメールを書くためには、いいＢＧＭを探さなくちゃいけない。


おれが四畳半のＣＤライブラリーから選んだのは、レオス・ヤナーチェクの「ないしょの手紙」だ。なんだか大ベストセラーの冒頭に「シンフォニエッタ」のファンファーレが鳴ったらしく、いきなり有名になってしまったが、ヤナーチェクはチェコ東部モラヴィア出身の地味な作曲家だ。

でも地味だからといって、作曲家をなめないほうがいい。御年《おんとし》六十三の大家になったレオスは運命の人妻カミラと出会う（ははは、なんだかイギリス王室みたい）。それからふたりは夫の目を盗んで十年間も手紙のやりとりをするんだ。そいつが最晩年の弦楽四重奏曲第二番「ないしょの手紙」に結実したというわけ。こんな裏設定があるんだから、あんただって絶対にこのカルテットをききたくなるよな。切なくて、狂おしくて、でもひどく静かないい音楽なんだ。

おれはＣＤプレーヤーに「ないしょの手紙」をかけて、さくさくとメールを入力した。第一楽章のあいだにほぼ完成。さっそく会議中の松永に送る。

うーん、仕事がいつもこんなふうにスムーズなら、文句はない。

完成稿をやつが親切な拾い主に送ったのは、その日の真夜中。返事はすぐだった。場所も時間も了解。金額は何度かメールのやりとりを重ねて、百万さがった。おれは親指メールの数百字でそれだけの金を稼いだことになる。この調子なら、原稿料だけで家を建てるのも夢じゃない。

すべてのセッティングが整った午前一時半。おれの携帯が鳴った。

「うまくやったようだな」

凍る直前の冬の水たまりのようなタカシの声だった。

「最初にちゃんと話してくれないと、こっちが迷惑するだろ」

北風のような音がして、タカシが笑っているのだとわかった。

「いいや、おまえには色メガネでなく、あの松永という男を判断してもらいたかった。それより、店のしたにクルマをつけてる。ちょっとおりてこい。明日のミーティングだ」

おれは壁の時計を見た。外にでるにはうんざりするような時間。だが、この街の氷の王さまのいうことには逆らえなかった。

「わかりましただ。ボロをまとって、すぐ馳《は》せ参じますだ」

「待ってる」

すぐに電話は切れた。友人からの冗談の余韻をたのしむゆとりもないのだ。かわいそうなキング。

メルセデスの巨大なＲＶのなかは、初夏の海辺のようなあたたかさ。おれはすぐに一枚五千円のユニクロのダウンを脱いだ。タカシは今年流行のモダンなアイヴィースタイル。ぴちぴちのスクールボーイジャケットに、なぜかくるぶしが見えるほど短いキャメルのパンツをはいている。こいつがほんもののトム・ブラウンなら、上下で七十万円はするはずだった。おれの久々の着手金でも、上着の半分も買えない。世のなかは不公平だ。おれはそんなこと気にしないけどね。なめらかにＲＶが動きだした。うちのまえに駐車したまま、延々と打ちあわせをするわけにはいかない。

「場所はどこに決まった？」

タカシは季節の挨拶《あいさつ》などしない。

「日之出《ひので》町公園」

そこはサンシャインシティとライズシティのあいだにはさまれた谷間の公園。夜はほとんど無人になるが、誰かがベンチに座っていても怪しまれることはなかった。タカシが運転手のＧボーイにいった。

「じゃあ、そこにやってくれ」

十分後には、おれたちは実際の公園で人員の配置を考えていた。やっぱり地元の事件はいいよな。交通渋滞も移動日の必要もない。噴水まえの広場が待ちあわせの場所だが、タカシは周囲を見まわして部下につぎつぎと命令をくだした。

「ここのベンチとむこうのベンチにカップルを二組手配しろ。あとは公園の出入り口とむかいのコンビニに何人かずつおいておく。クルマは三台あればいいだろう」

実行部隊は全部で十五人ほどだった。こうしていくらでも人海戦術がつかえる。Gボーイズの強み。ちっぽけな犯罪を起こすようなやつは、警察以外に誰もそんな網を張るとは予想しない。

下見はほんの十五分で終了して、おれたちはあたたかな車内にもどった。気がすすまない様子で、キングがいった。

「なんだかすべてがかんたんに運びすぎだな」

おれは基本的に楽天家。そうでなくちゃこんな不景気の底の池袋で生きちゃいけない。

「そうかな。今までだって楽な仕事はとことん楽だった。物事はうーんとこじれるのが三分の一で、あとはだいたいスムーズじゃないか」

話すまでもないスムーズな仕事をいくつも片づけたことがある。鼻歌さえうたうひまのないスーパースムーズなトラブルだ。

「いいだろう。どちらにしても、明後日の今頃には問題は解決してるんだ。おれたちはライフゲートにいいパイプができる。今回の一番のメリットは金でなく、そこだな」

おれは驚いていった。

「Gボーイズのブログでもやるつもりなのか」

「いいや、あれはひとりではいられない愚か者の日記だ。だが、ネットの世界も金の動きという意味では、リアルな世界と変わらない。こうしてこの街のガキを束ねていくだけでも、おまえには想像もつかないような金がかかるんだ」

財政についても責任があるのだった。気の毒なキング。

「すべて終わったら、一杯やろうぜ。おれ明日の朝、市場で早いんだ。送ってくれ」

やつは一瞬なにかいいたげな顔をしたが、すぐに目的地をドライバーに告げた。


「ないしょの手紙」をききながら、翌日は一日店番をした。

不倫というのはおれも好きな言葉じゃないけれど、そういう隠れた関係でなければ生まれない熱量や集中があるのだろうなと思った。ヤナーチェクは十年間秘密の恋を隠し切り、肺炎になってカミラにちゃんと最期を看《み》とられている。その肺炎だって、雨のなか道に迷った愛人の息子を捜しにいったせいだという噂があるくらいなのだ。そこまでいけば、不倫も普通の恋愛も変わらないのかもしれない。

おれは自分のことは棚にあげて、欲望を抑えて生きる同世代の草食男子について考えた。ひとりひとりの生き残り戦略としては、それはきっとただしい。なにせ収入は急角度で減っている。平均でこの十年間に百万円近いダウンなのだ。だから、恋や結婚などせずに全額を自分ひとりの生き残りのためにつかったほうが、より生存に有利なのはよくわかる。だが独身男性の誰もがただしい選択を続けた先には、経済学でおなじみの合成の誤謬《ごびゅう》が待っている。ひとりひとりはよく生き延びても、次世代が育たなければ社会は一世代で死に絶えるのだ。

老いた巨匠の情熱的な音楽は、めずらしくおれにそんなことを考えさせた。だけど、なにもかも十分と信じている草食動物に、どうやって肉をくわせるのだろうか。そいつは隠れていてよくは見えないが、財政赤字とか、天下り禁止とか、年金問題なんかより、ずっと解決困難な問題だった。

受けわたし当日は、よく晴れた冬空だった。割れたガラスの断面のように澄んだ青空。ということは夜は放射冷却で、どんどん気温がさがっていくということだった。約束の十一時の一時間まえには、Gボーイズ側のメンバーはすべて所定の位置で待機を開始した。

おれとタカシは前線基地になったメルセデスのなか。植えこみ越しに公園の広場が丸見えだった。ベンチではカップルが肩をならべて座っている。女は当然覚悟のミニスカート。まあ、そんなものしかもっていないのかもしれないが。

「あいつら、この寒さだと厳しいな。あとでギャラはずんでやれば」

女の手が男のジーンズの太ももにおかれた。何年かまえに流行《はや》ったダメージ加工のパンツの穴に女が指をいれている。

「なんだよ、あれ。ギャラなしでいいや」

タカシは鼻で笑っていった。

「配置したのは、みなほんもののカップルだ。ギャラについては、マコトが考えることはない」

黙って肩をすくめた。こういうときのキングは最新型の冷凍冷蔵庫みたい。ぴたりと氷温を保って、心を揺らすことがない。そのまま三十分がすぎた。おれの携帯が震えだした。

「今、会社をでた。これからそちらにむかう」

「了解。じゃあ、おれもライズシティにいくよ」

　最初は拾い主との交渉は松永ひとりでいいと話していたのだが、最後でやつが渋りだした。周囲をGボーイズの精鋭でかこまれていても、やはりいざとなると不安らしい。おれはたったひとりのつきそい役。タカシが氷の笑いをおれにむけた。

「さっさといってこい。なんなら、マコトひとりで全部片をつけてきてもいいぞ」

　王の余裕を見せつけられた気がした。なんだか嫌な感じ。

「うるさい。平民をなめんなよ」

　おれは士気も高々に、高級ＲＶをおりた。なんといっても今回は巨額の着手金をもらっているからな。すこしは雇い主にいいところを見せなくちゃ。


　ライズシティの出口で、松永と落ちあった。ロングコートをきたやつの右手には、どこかの海外ブランドのエコバッグ。元は数千円だが、ネットで人気が沸騰して値段が十倍に跳ねあがった帆布《はんぷ》のバッグだ。なあ、エコなんて怪しげだろ。今は落しものの謝礼五百万円がはいっているはずだった。通し番号がばらばらの使用済みの一万円札が五百枚。おれの銀行口座にそれだけためるには、きっと人生二回分の時間は必要だろう。

「ほかの部隊は？」

やつが戦争映画のような台詞《せりふ》をはいた。おれはベンチでいちゃつくカップルを思いだした。あれは相当強力な部隊。

「みんな準備をすませてる。あとはおれたちだけだ」

おれは携帯の時計を見た。十一時まで、まだ二十分もある。おれたちはライズシティの広場で時間をつぶした。ひどく長い十分間。

「今度からは、携帯電話になにもかも詰めこむのはやめておいたほうがいいな」

松永は苦笑していう。

「まったく。あまりに便利だから気がつかないが、あれほど危険なことはないな。あのあとでうちの技術部に話をきいてみた」

「へえ」

「要するに、遠隔ロックなど意味がないそうだ」

驚いた。おれも携帯を落としてもだいじょうぶだと思っていたのだ。今はすぐに操作できないようにロックできる。松永の声は企画会議の最中のようになめらかだった。

「問題は携帯電話のなかにあるメディアカードにある。個人情報も、撮影した写真も、アドレス帳も、無数のメールもすべてバックアップされているそうだ。本体では消去したはずのデータもカードのなかに保存されていて、そのあたりの量販店で売っているリカバリーソフトでかんたんに再現できる。どれほど秘密を守ろうとしても、データはほぼ完全に掘り起こされてしまう」

恐ろしい話だった。二十一世紀の現在では、もうないしょの手紙は存在しないのだ。ありとあらゆる個人情報をのせた手紙は、いったんもち主の手を離れたら、好きなように解読されてしまう。ダウンジャケットのポケットにいれた携帯をにぎりしめて考えた。

　おれたち人類はいつか、このちいさな秘密の小箱を捨てる日がくるのだろうか。


「時間だ、いこう」

　テクノロジーの感傷にいつまでも浸っているわけにはいかなかった。おれは松永と肩をならべて、となりの公園に遠征した。カップルにも、Ｇボーイズのクルマにも目をあわせなかった。広々した公園のあちこちにぱらぱらと人がいるという印象だ。

　噴水わきの広場で待っていると、北風がビルに押しつぶされて悲鳴のような声をあげた。公園のサンシャイン側の入口から三人の男がはいってきたのは、十一時三分まえだった。

　ジーンズに黒いレザーやダウンのジャケット。みな、今年流行の立体裁断のマスクをつけている。脅迫犯のあいだではインフルエンザが流行っているのだろう。松永はさすがに部長で、腹がすわっていた。

「きみたちが、わたしの携帯を拾ってくれたのか」

　三人のなかで一番背の低い男がマスク越しにこたえた。かすかに笑いをふくんだ声。

「ああ、そうだ。西口の暗いバーでな」

　なぜかしらないが松永は、それですこしひるんだようだ。マスクのチビがおれをにらんでいった。

「そいつは誰だ」

「ひとりだと不安でね、こちらはつきそいだ。そちらにもふたりいるんだ、別にかまわないだろう。それよりさっさと取引をしよう。謝礼はここに用意してある」

エコバッグを軽くあげて見せた。おもしろいものだ。脅迫犯三人の視線は粗い布のバッグに釘づけになっている。こいつらは素人《しろうと》だと直感でわかった。

「わたしの携帯を見せてくれ」

チビが着古したレザージャケットのポケットから、松永のスマートフォンを抜いた。片手にもったまま近づいてくる。ビル街の明るい谷底で、マスクマンと対決する。なんだかアメコミの一場面のようだ。

交換はあっさりとしたものだった。チビはすぐにバッグの中身をあらため、松永はスマートフォンのデータＢＯＸを開いた。おたがいに納得したようだ。素人のつきそいふたりもエコバッグの中身が気になるようだった。いっせいにのぞきこんでいる。カップルは手をつないで、ベンチを立った。こちらにむかってくる。

三人の背後にタカシがあらわれたのは、つぎの瞬間だった。いつのまにかメルセデスは移動していたらしい。

「動くな。おまえたちに話がある」

ひとりにつきふたりずつ巨漢のＧボーイが張りついた。片方が腰のベルトをつかみ、もう片方が利き腕の右手をがっちりと押さえる。チビだけがひとり叫んでいた。

「こいつはどういうことだよ、松永、おまえ、なにしてるか、わかってんのか」

松永は自信満々だった。

「わかっている。これはビジネスの話だ。きみたちには、ちゃんと謝礼をおわたしした。だが、データは無限に複製できるし、それについてもわたしは保証がほしい。その謝礼金はわたしの個人情報のコピーライトの代金もふくんでいると考えてほしい」

チビの両脇にいるふたりの男の足が震えていた。

「お願いです。たすけてください。ちょろい仕事だから、ひと晩だけ手を貸してくれっていわれたんです。おれたちは相手がGボーイズだなんてしらなかった」

もうひとりも泣きをいれた。

「ここで見たことは誰にも話しません。どっかに埋めようなんて、やめてください」

よほど悪質な噂がGボーイズには流れているらしい。チビの顔色が青ざめた。さすがにそこまでは考えていなかったのだろう。おれたちにとってはいい展開。拉致《らち》は三人よりひとりのほうが楽だからな。タカシが芝居っけたっぷりにいった。

「明日も池袋を歩きたいなら、ここで見たことは誰にも話すな」

男たちは震えながらうなずいた。Gボーイズがかんたんな身体検査をして、ふたりの携帯電話を奪った。タカシの声はライズシティのビル風に負けないほど冷たい。

「おまえたちの名前はわかった。約束は守れるな」

ほとんど泣きそうな顔。おれはこういう人間の尊厳ってやつが奪われた顔を見るのが好きじゃない。ずっと目をそらしていたので、やつらが逃げていく姿は見ていない。

「おれひとり残して、どうするつもりなんだ。たすけてくれよ。別に殺されるほどひどいことはやっちゃいないだろ」

　確かにそのとおりだった。どこかのバーで、携帯電話を拾った。中身を見たら、おもしろい情報がごっそり。じゃあ、ちょっと金もちのＩＴ野郎をゆすってみようか。頭の悪い街のガキが考えそうなシナリオだった。タカシがかすかに笑って命令した。

「そいつをクルマにのせろ」

　おれはチビにいった。

「あんたの名前は？」

　命綱を見つけたような顔で、やつはおれにすがってくる。

「佐々木万里夫《ささきまりお》。お願いだから、助けてくれ。金なんかいらないから。頼むよ」

　もう足が萎《な》えてしまったようだった。Ｇボーイズに連れられて、ＲＶにむかうつま先が広場のタイルを削っていく。

「そうか、ならば金は返してもらおう」

　タカシの声と同時にエコバッグはＧボーイズの手に移った。あとはこのマリオをどこかに連れていき、データの複製があるのか、共犯者がいないのかききだしたら、それで終わりだ。やっぱり今回はスムーズな仕事だった。血も一滴も流れていない。

　そのときだった。

冬の夜中の公園に似つかわしくないメロディが流れだした。覚えてるかな、ダイアナ・ロスとライオネル・リッチーが歌ったデュエットの名作「エンドレス・ラブ」。あのサビの甘いメロディがピアノで鳴ったのだ。


松永があわてて、コートのポケットを探った。耳元にあてて、ちいさく叫んだ。

「今、大切な会議中だ。あとにしてくれ」

返事は悲鳴だった。長くながく続く女の悲鳴。となりに立っていたおれには、その声がよくきこえた。誰かが心底恐れているときの声は、いたたまれないものだ。おれはいった。

「なにがあった？　相手は誰だ？」

今までの大成功を収めたビジネスマン的な松永の顔色が暗転していた。もう拉致されかけたマリオと変わらなくなる。携帯にむかって必死に話しかける。

「どうしたんだ、オリエ」

タカシが驚いた顔をして、こちらを見ていた。おれは松永の携帯に耳を寄せた。やつに叫ぶ。

「なんでもいいから話を伸ばして、なにが起きてるのかききだせ」

松永はうなずくといった。

「どうした？　誰かいるのか？　今きみはどこにいるんだ」

その声の調子でわかった。この相手はきっと松永の妻ではないのだろう。この男が恐れていたのは、社外秘の情報が漏れることだけではなかった。「ないしょの手紙」と同じだ。取締役選考が始まるまえに、不倫がばれるのを恐れていたのだろう。

「あんた、とんでもない隠し球をもってたんだな」

おれの声は、必死でスマートフォンにうなずく開発部長に届いていたのだろうか。タカシがいった。

「いつまでもここにはいられない。移動するぞ」

そこでおれは話を続ける部長を連れて、メルセデスのＲＶにのりこんだ。


三台のクルマがぐるぐると池袋東口を周回した。さすがの副都心でも駅から離れたこのあたりでは、人どおりはすくなかった。まもなく夜中の十二時である。車内では誰もが、松永に注目していた。やつは送話口を押さえていった。

「彼女の名は宮崎織恵《みやざきおりえ》、わたしの秘書だ」

タカシが雪つぶてでも投げるように冷たくいった。

「おまえの愛人だな」

松永が言葉につまっていた。だが、今は道徳の時間ではなかった。さっきの悲鳴が最優先だ。おれは割ってはいった。

「なにが起きてる？」

松永は怯《おび》えていた。きっとほんとうに彼女のことが心配なのだろう。

「彼女の部屋に、誰かが侵入しようとしている。ひどく太ったやつらしい」

それをきいたマリオの顔色が変わった。

「あのバカ」

「おまえのしりあいか」

タカシの声は氷のナイフのようだ。マリオは一瞬、この事態を自分に有利に運ぼうと考えたようだが、タカシの視線と声の冷たさにすぐ抵抗をやめた。

「そいつはパソコンおたくなんだ。携帯からデータを吸いだしたのも、そいつの仕事だ。普段はゲームのバグとりをしてる」

「名前は?」

おれの質問にやつは即座にこたえた。

「新井《あらい》新平《しんぺい》、でも誰もそんな名前でやつを呼ばない。虫とり名人の蜘蛛《くも》、スパイダーのスパイだ」

松永の愛人の部屋に、バグとり名人がいる? おれにはわけがわからなかった。わけがわからないときはとにかく動き続けるしかない。おれはまだ通話中の松永にいった。

「オリエの部屋はどこだ」

「所沢」

タカシの目を見た。やつはうなずいて、ドライバーにいった。

「所沢にやれ。最速でな」

五リットルを超えるメルセデスのエンジンが猛烈な叫び声をあげた。

サンシャイン裏にある首都高速の入口にむかった。メルセデスは急な坂道をロケットじみた速度で駆けあがっていく。おれは松永にささやいた。

「なんでもいい。話をできるだけ引き伸ばしてくれ」

つぎはマリオだ。できる限り、スパイの情報を集めておかなければいけない。やつはまだ埋められるのが恐ろしいのだろう。半泣きの顔だった。ひっぱたいてやりたいが、ぐっとがまんしていった。

「スパイをオリエの部屋にいかせたのは、おまえなのか。保険でもかけるつもりで」

やつは必死で首を横に振る。

「金さえもらえば、あとは関係ない。あの女にはおれは指一本ふれちゃいない」

「じゃあ、なぜ、スパイが女のところにいる?」

「そんなことわかんないよ」

悲鳴は電話からだけではなかった。マリオの声も悲鳴のようだ。

「……そういえば」

なんだかひどくいらつくガキだった。やっぱり埋めちゃったほうが、日本の将来のためにはいいかもしれない。

「なんでもいい、気がついたら早くいえ」

「すみません。スパイのやつ、彼女のことをタイプだっていってました。データBOXにはいってる、その……あの……」

マリオが松永のほうをちらちら見ていた。タカシがブリザードのようなひと言を投げる。

「話せ、死にたいか」

「彼女とそこにいるおっさんのキスシーンとかベッドのなかの写真とか、全部プリントアウトして大切そうにもって帰ったんです」

ＲＶにのった全員の視線が開発部長に集まった。顔を赤くして、松永がいった。

「今は誰でも携帯でそんな写真をとるだろう。違うのか」

誰も返事はしなかった。そうなると、スパイが彼女の部屋に押しかけたのは、作戦でもなんでもなかったことになる。おれはマリオに質問した。

「スパイって、女とつきあったことあるか？」

首をかしげて、まだマスクをしているチビがいった。

「わからないけど、たぶん生まれてから一度もないんじゃないかな。あいつ一度ストーカー行為で池袋署に呼ばれたことがあったらしい」

まだ電話中の松永に古いほうのスマートフォンをださせた。データＢＯＸを選び、カメラのフォルダーを開く。携帯を切って、松永が叫んだ。

「ちょっとやめてくれ。個人情報だ。プライベートな写真なんだぞ」

おれはやつにかまわず、写真を選択した。最初に目に飛びこんできたのは、どこかの超高層ホテルの窓辺に下着姿で立つ宮崎織恵だった。下着は清純そうな白のレース。グラマーではなく、ほっそりとした身体つきだった。はずかしがって笑う頬に、きれいな血の色が浮かんでいる。顔はどこか朝のワイドショーの清純派お天気キャスターのようだ。

タカシがクールにひと言で感想を述べた。おれと同じ感想。

「スパイという男、この女にひと目ぼれしたんじゃないか」


所沢までは、高速で小一時間。そのあいだに作戦を練った。

とにかくスパイをオリエからひきはがさなければいけない。おれのアイディアはシンプル。取引は無事に終了した。松永とマリオは和解しているが、オリエが心配になって部屋を訪ねることにした。マリオにそう電話させて、とりあえずスパイの動きを抑える。松永には、オリエに気を強くもって、もうすこし待つように伝えさせる。手順を松永とマリオに話した。

松永がうなずいて、携帯をかけようとしたとき、タカシがいった。

「マコト、おまえがいう楽な仕事って、いつも最後でもつれるな」

Ｇボーイズの運転手がちらりとこちらを振りむいた。疫病神《やくびょうがみ》を見る目つき。オリエの声が再び携帯から流れると、車内はひどく静かになった。オリエは必死に叫んでいる。

「非常階段からバルコニーにまわってきてる。誰か助けて」

おれはマリオにいった。

「すぐにスパイを呼びだしてくれ。なんかやばそうだ。とにかく時間を稼いでくれ」

ＲＶは百五十キロ近い速度で、高速を弾丸のように駆けたが、それでもおれには遅くてたまらなかった。ずっと後部座席で足踏みしていたくらい。

西武所沢駅から歩いて十分ほどのワンルームマンションだった。

その建物については、松永がよくしっていた。オートロックの操作盤で、オリエの部屋番号を打ちこみ返事を待つ。３０３号室。マリオは元ストーカーに手だけはだすなといっている。男はすでに室内に侵入したようだが、おれたちには細部はわからない。女のおびえた声がきこえた。

「……はい」

松永がＣＣＤに顔を近づけていった。

「佐々木さんとふたりだけだ。開けてくれ」

急に男の声がした。

「ほんとうにふたりだけなのか。マリオ、どうなんだ」

冷静さのかけらもない男の声だった。いきなり女の部屋に侵入したのだ。さぞ恐怖と高揚を味わっていることだろう。マリオがおれたちを見てから返事をした。

「ああ、ふたりだけだ。金もある。おまえに分けまえもやるよ」

いい役者だった。かちりとオートロックが開く音がする。タカシが必要のない命令をくだした。

「いくぞ」

キングを先頭に三人のＧボーイズがオートロックのガラス扉を抜けた。おれたちも続く。この先どうなるのか、まったく読めなくなっていた。あまりに時間がなさすぎたのだ。もうつぎの一手を考える余裕もない。

金属製のドアののぞき穴のまえには、マリオが立った。インターホンのボタンを押す。誰かが近づいてくる音がきこえた。

「ハイ、今開けます」

かちりとドアが開いた瞬間に、Ｇボーイズが突入した。オリエを押しのけ、狭い廊下を奥にむかう。右手にユニットバスの扉。左手にオール電化のミニキッチン。松永に教えられたとおりだった。土足のままおれが玄関をあがったとき、奥の部屋からバチバチと耳に残る音が鳴った。一度きいた人間なら絶対に忘れない空中放電の音。誰かがスタンガンをつかっている。

「よせっ！」

おれは叫びながら、奥にむかった。ほんの数歩を走るのさえじれったくてしかたなかった。そこは女らしいピンクの部屋。カーテンもベッドカバーも毛足の長いカーペットも、すべて淡いピンク色だった。その隅に小柄だが、異様に腹のでたガキが両手をまえにつきだし立っている。両手に二丁のスタンガンをかまえたムーミンだ。

「なんなんだ、あんたら。いいか、おれは彼女のためを思って、こうして話をしにきたんじゃないか。不倫はいけないことだ。ニッポン国民なら、みんなわかってる。不倫は法律にも違反してるんだぞ」

女をしらない純情で正義感あふれるストーカーか。どうにも救われない男。Ｇボーイズの突撃隊があきれていった。

「どうしますか、キング？」

タカシは猛獣つかいのようにじっとスパイの目を見ていった。

「おまえの話にも正当性はある。ゆっくり話をきかせてもらおう」

アイヴィールックのキングがカーペットに腰をおろそうとした。ほぼ床にひざがつくところで、スパイの目線がタカシを離れた。つぎのアクションは瞬《まばた》きをするくらいの時間に立て続けに発生した。

タカシはほぼ完全に曲げていたひざを一瞬でもどすと、上半身をうしろに反り返らせたまま腕を振った。風切り音がするような右のアッパーカット。まともに右をくらったスパイは壁際まで吹き飛び、ずるずると座りこんでしまった。きっと強烈なパンチで頭のなかのスイッチがはいったままなのだろう。しっかりと両手でにぎったスタンガンから、電撃が連続して飛んでいる。やつは正座の姿勢で壁にもたれたまま、自分の太ももにスタンガンを押しあて続けていた。それでもぴくりとも反応を示さない。肉のこげるにおいがあたりに漂った。

「とめてやれ」

タカシがそういうと、Gボーイズが思いだしたようにスパイの両手からスタンガンを引き離した。やつはおれを振りむいて、ため息をついた。

「おまえといっしょにヤマを踏んで、おれが楽をしたことがあったか」

いいたいことはいろいろとあったが、実に見事な一発だった。おれは音のしない拍手を送り、キングのKOを讃《たた》えた。きっと今夜のアッパーはまたGボーイズのあいだで伝説になるのだろう。

タカシは笑っていった。

「このまえユーチューブで古いボクシングの試合を見てな。試してみたかったから、プリンス・ナジーム・ハメドのアッパーを真似してみた」

このイケメンに抜群の身体能力。心底腹の立つ王さまだった。


撤収は素早かった。

気を失ったスパイの両脇を支えて、別のクルマにのせる。タカシはエコバッグから、百万の束をひとつマリオに放ってやった。

「礼をいう。最後におまえはいい仕事をした。法律でも遺失物の謝礼は定められているからな。それをもって、どこかに消えろ。二度とおれたちのまえに顔をだすんじゃない」

マリオはそれをきいたとたんにワンルームマンションを走りだしていった。松永とオリエ、おれとキングだけが狭い部屋に立ち尽くしていた。

「おれはもういく」

タカシがそういうと、部屋をでていった。静かになった部屋で、オリエは呆然《ぼうぜん》としていた。なにが起こったのか、当人はまるでわからないのだろう。ひと夜の冬の嵐のようなものだ。きっとこの脅迫事件についても、松永にきかされていないのだろう。また松永の携帯が鳴った。実によく携帯電話が鳴る夜。今度はダイアナ・ロスとマーヴィン・ゲイのデュエットだった。こちらもオリエの着メロに負けない名曲「ユー・アー・エブリシング」。その最初の一音で、お天気キャスターに似た清純派の顔色が変わった。送話口を押さえて、松永がぺこぺこと頭をさげている。

もうすぐタクシーで帰るから。今夜は残業がたいへんなんだ。先に寝ていてくれ。

それは確かにこの状況の残業はたいへんだろう。

おれはその夜初めて会った女にいった。

「さっきの男は確かにいかれていた。だけど、やつのいうことにも一理あったのかもしれないな。あんたの恋人は携帯のデータを丸々盗まれても、自分の身を守る以外のことに関心はぜんぜんなかったよ」

オリエの顔色は紙のように白くなった。

「わたしのことはひと言も？」

「ああ、きいていない。もし事前になにかしらされていたら、おれだってあんたをガードする手立てを打っておいたさ」

オリエは部屋着のまま、じっと妻に弁解する松永を見つめていた。

「おれは不倫は別に悪くないと思うよ。でも、ほんとにあんたのこと好きな男とつきあったほうがいいんじゃないかな。結婚していても、結婚してなくてもさ。じゃあ、おれはこれで失礼するわ」

おれはその夜最大の修羅場を残したまま、女の部屋をあとにした。


タカシはメルセデスの外で待っていた。

「マコト、おまえといるとほんとに退屈しないな。スムーズなはずの夜がほとんど徹夜だ」

おれはいった。

「あのスパイとかいうガキは？」

「さあ、違法改造のスタンガンつきで、どこか無人の交番にでも捨てておけといってある。あとの弁解はやつが考えるだろう。違法なことは許せない男らしいからな。やつの携帯とパソコンは、保険でおさえてある」

悪くない処理の仕方だった。おれはくたくたにくたびれていた。なにせ、すべて予期せぬ一夜の出来事なのだ。タカシは冷たく笑っていう。

「さあ、のれ。夜明けまえには池袋に帰れる。ほら、おまえの分だ」

百万円の束が宙を飛んでくる。おれはそいつをつかむと、すぐにタカシのジャケットのポケットに押しこんだ。

「そっちで預かっておいてくれ。おれ、そんなに金いらないから」

おれはタカシの肩をたたいた。メルセデスのドアを開く。

「変わったやつだ」

「おまえにはいわれたくない」

それからおれたちはその日最初の日がさすまえに、ホームタウンにもどった。冬の夜明けのドライブは、大気がナイフのように切れ味よくて、すごくきれい。


松永は結局つぎの年の春、研究開発担当の取締役になったそうだ。今では仕事にあぶれたゲーム好きのGボーイが何人も、ライフゲートで働いている。

オリエは松永と別れて、会社も辞めてしまったらしい。その後どうなったのかは、おれにはちょっとわからない。だが、ストーカーをひと目で落とす清純派？　の女だ。まだ若いし、つぎの相手に困ることはないだろう。

タカシはあい変わらずタカシのまま、池袋のキングを張っている。つぎの事件ではない事件で、おれはやつに散々こきつかわれたので、今回の貸しはチャラになった。

そうそう、忘れていた。池袋の家電戦争の話。

ある火曜日（うちの店は火曜定休）、おれはおふくろといっしょにあの着手金をもって、元三越の量販店にいった。定価二十二万円の最新型冷蔵庫の値段は、最終的には十三万四千円プラス二十パーセントのポイントつきで決着した。これ以上安い値段は池袋中探しても絶対にみつからないだろう。なにせ、おれとおふくろはビックカメラとヤマダのあいだを五往復もしたのだ。

残りの金は半分ずつ山分けにして、おれたちのこづかいになった。なあ、たまには街のトラブルで小銭を拾うのもいいもんだよな。やっぱり金は脅迫でなく、感謝して払ってもらうものだ。

鬼子母神ランダウン

地球温暖化と不景気のおかげで、池袋に大増殖しているものがなにか、あんたにわかるかな？

そいつは朝になると一番左の車道を埋め尽くし、金属の蟻《あり》のように駅まえの一等地に群がる。

ウサイン・ボルトみたいな脚力がなくても、一滴のガソリンもつかわずに時速四十キロの世界をたのしませてくれる便利な道具だ。片手で軽々と持ちあがるほど軽く、アルミにチタンにカーボンと最先端素材もつかい放題。ローテクの極致な癖に、やけにパーツはあちこちハイテクだったりする。

このところ急にやわらかになった春の風を切り裂いて、あんたは池袋の路地を駆け抜けるだろう。時には流行の歌をハミングしながら。サイクリング、サイクリングなんてね。こいつには渋滞も一方通行も関係ない。いつだって流れはスムーズ。

こたえは当然自転車なんだが、いまや池袋では北京《ペキン》の朝と同じくらいの数の自転車が走りまわっている。ロードレーサー、マウンテンバイク、クロスバイク、シングルスピードのピストバイクに、ママチャリみたいなミニベロ。北京と違うのは、最近の自転車はやけにカラフルで、どいつもこいつもカスタマイズされてること。

　自転車は環境と大腿筋《だいたいきん》の引き締めにいいだけでなく、女の子のファッションアイテムでもあったりする。この春、おれは池袋のいかれたキングの誘いで、なぜか自転車にのるようになった。春の風の甘さや、風を切る心地よさ、クロムモリブデン鋼のフレームのしなりぐあいなんかにしびれることになったのだ。

　だが、いいことは悪いことと裏表。とくにこれほど自転車自体の数が増えると、トラブルは多発する。なあ、あんたも最近の自転車のりのマナーの悪さは、あちこちで目撃しているだろ。信号無視も、歩道での暴走も、携帯メールを打ちながらの片手運転も、iポッドのイヤフォンをつけながらの運転も、見慣れたもののはずだ。

　今回の話は、鬼子母神《きしぼじん》で起きた新聞記事にもならないちいさな自転車事故がテーマだ。だが、いくら事故のスケールがちいさくても、そいつによって人生のシュートコースをすべてふさがれちまったガキがいる。

　エコでスタイリッシュな自転車もいいけど、それなりの運動エネルギーには気をつけてくれよ。あんたが軽快に飛ばしているその速度で、金属のフレームごと生身の人間にまともにぶつかれば、誰かさんの黄金の左足だってぐしゃぐしゃに粉砕骨折だ。

　どんなに気軽なのりものでも、スピードには責任がつきものだってこと。

　頭の回転の速さなんてのも、同じかもしれない。おれもスピード違反には気をつけるよ。

そいつは池袋の駅まえロータリーの空気も、ぼんやりとあたたかくなってきたころの話。おれはいつものように店番をしながら、なんて人生は退屈なのかと嘆いていた。だって、そうだろ。店先にあれこれと季節の果物をならべたあとは、ただほこりが降り積もるのを見ているだけの仕事だ。うちみたいな店では、昼のあいだはほとんど客などやってこない。夜になって調子にのった酔っ払いに、ワンパック千円のあまおうや三千円の温室栽培マスクメロンを売りつけるのがメインジョブ。

その主力の売れゆきが、金融危機からこっち最低なのは、いうまでもないだろう。昼間は客がまったくで、夜は酔っ払いが財布のひもを引き締める。これではうちみたいな零細小売業は絶望的。おふくろは横目でおれを見て愚痴をいう。

「やっぱり最後は社員の人件費に手をつけるしかないかねえ」

おれは全力で首を横に振った。うちの社長はおふくろで、社員はおれひとり。これ以上給料が安くなったら、たったひとりの従業員も貧困層に転げ落ちる。今でさえぎりぎりなんだ。

「やめてくれよ。冗談でも、背筋が寒くなる」

おふくろが再々放送の連続ドラマを見に二階にあがると、おれはしかたなくつかい慣れたはたきを手にした。池袋の市塵《しじん》をフルーツから払うため。おれの過ぎ去っていく時間は、このほこりの厚みで計られる。はたきをつかうたびに時間はゼロにリセットされるのだ。

気だるい初春の一日は、時間だけ流れて、あとになにも残さない。

おれは不景気な春の果物売りほど徒労の仕事をしらない。

そんな調子だから、池袋の頭の悪いガキどもの王さま・安藤崇から電話があったときには、携帯電話が救命ロープのように見えたのだった。おれを退屈の海から救ってくれる命綱。まあ、キングからの通報はだいたいがトラブル発生の合図なんだが、そのときは違っていた。おれは日のあたる店先の歩道にでて、電話を受けた。

「マコトは今、ひまだろう」

疑問符もついていない最初の台詞だった。王はどの時代のどの国でもわがままだ。おれは忠実な臣下の振りをしてやった。

「ああ、退屈で死にそう」

「だったら、ウエストゲートパークまでこい」

「なんで……」

「おれの散歩につきあえ」

おれは王族のなぐさみ者じゃないといいかけたが、なにも起こらない平和な店先を見て考えが変わった。

「わかった。つきあえばいいんだろ」

キングの声は早春の雪解け水のように耳に冷たく流れこむ。

「汗ふき用のタオルも忘れずにな」

タオル？　なんだそれといおうとしたら、先に通話が切れた。ほんとにキングなんて勝手なもんだよな。おれはうちの果物屋の名前が型染めしてある日本手ぬぐいをとりに二階にあがり、おふくろに文句をいわれながら店をでた。

社長の了解も得ずに、職場放棄をするような社員は来月から減給だそうだ。おれの場合、高校時代からのダチと遊ぶだけでも、生活水準低下の危機がある。

池袋は生活者に厳しい街だ。


わが家から歩いて五分（うち信号待ちが二回）の西口公園につくと、キングはすでに準備万端でおれを待っていた。エイリアンの頭みたいな流線型のヘルメットに、サイクリング用のパーカをかぶり、脚はぴちぴちのひざ丈パンツ。パーカの胸には、例の赤白緑のイタリア旗。完全な自転車のりの格好だった。なんでも形からはいる王さま。とりまきのGボーイがいった。

「いやあ、タカシさんはなにを着ても似あうなあ」

またも、おべんちゃら。こういう官僚的なやつがいるから、ギャングのチームも組織がダメになる。おれはいった。

「なんだよ、おまえが自転車なんてらしくないだろ、タカシ。なんだ、そのぱつぱつのパンツ」

太ももの形がはっきりわかるストレッチ素材の短パンなんて、気もち悪いよな。まあ、タカシの場合、マラソンランナーのように贅肉《ぜいにく》のない脚だから、女たちはうっとりするかもしれないが。

「いけてないか、マコト。こいつは自転車と同じで、イタリア製だ」

タカシはパイプベンチのわきにおかれた水色のロードレーサーを親指でさした。フレームにはコルナゴのロゴ。フロントフォークとフレームはカーボンコンポジットのようだ。パイプが流線型にふくらんでいる。パーツはすべてシマノの最高級プロライン。イタリア製でこの装備なら、軽自動車一台は買える値段のはずだった。

キングは険《けわ》しい表情で、自分のファッションと重さ八キロほどのロードレーサーを見くらべて、ひとりでうなずいた。こいつの場合、いつも自問自答だ。王は生まれつき悩まないようにできている。やつはパーカのポケットからなにかをとりだし、おれに放った。

「ほら、おまえのだ、マコト」

おれは手のなかの革を広げた。こぶしのところに衝撃吸収用のカーボンプロテクターがはいった白いサイクリンググローブだった。

「おれのロードワークにつきあえ。ジムで身体を鍛《きた》えているばかりじゃ、下半身がなまっていけない」

「だけど、自転車はロードが一台だけだろ。おれはおまえの横を走るのか」

逆ならいいが、おれは走るのが大の苦手。というより汗をかくこと自体が好きじゃない。

「おまえをここに呼んだのは、もうすぐ注文していたものが届くからだ」

タカシは遠い目をして、円形広場から西口公園のＪＲ口を眺めた。どこかの自転車屋が新車を押してくる。白いフレームのものすごくシンプルなバイクだった。タカシのロードレーサーがごつく見えるほど、フレームは細い。変速機もついていなかった。それどころか、ブレーキさえ、ハンドルの片方にしかついていない。前ブレーキだけ装備したシングルスピードのピストバイクだ。

「今、一番流行の自転車を注文したら、そいつがきた」

自転車屋のガキもやはりGボーイズの仲間のようだった。おれの体格を見ていった。

「いやあ、なかなかいかしてるでしょ、このバイク。値段はキングのやつの五分の一だけど、のり味は抜群ですから。カミソリみたいに、切れ切れですよ。マコトさん、ちょっとまたがってみてくれませんか」

おれはいつものジーンズと薄手のユニクロダウンだった。きゃしゃな自転車にのると、なんだか足元がふらふらした。

「おりてもらっていいですよ」

やつはウエストポーチから、六角レンチをとりだして、サドルの高さとブレーキレバーの遊びを調整した。

「はい、これでいいです。もうどこにでものっていけますよ」

所要時間二分。ものすごく簡単だった。

「こんなんでいいの?」

やつはおれを見て、にやっと笑った。

「うぃっす。フレームのサイズさえちゃんと選んでおけば、まずだいじょうぶっす。緻密に計算されてますからね、極端に手足の長い人とか短い人でなければ、これでちゃんとのれますよ。ちなみにマコトさんの場合はLサイズの555ミリのフレームをつぎから選んでください」

おれにつぎの自転車などあるのだろうか。ツール・ド・フランスの選手のような格好をしたタカシがロードレーサーのうえからいった。

「なにをいつまでぐずぐずしてる。おれはミーティングまで八十分しかないんだぞ」

官僚的Gボーイが口を開く。まあ、やつの場合、首筋の見えるところになぜかバーコードの刺《いれ》青《ずみ》がはいっているので、ほんものの官僚と間違われることはないだろう。

「いいなあ、マコトさんは。キングといっしょにサイクリングできるチケットなら、いくらだしても買うやつがたくさんいますよ」

気もちの悪い台詞だった。おれはキングの腰ぎんちゃくを無視して、ピストバイクにのった。ペダルを踏む足に力をいれる。なんというか、あまりに軽くて、身体の重心がうまくとれなかった。自転車はバイクの免許をとるまえまでしかのっていないので、五年以上ぶりになる。

「いくぞ」

タカシがそういって、ウエストゲートパークの石畳を走りだす。おれは春のあたたかな午後、水色のロードレーサーを追った。


昼でも暗いびっくりガードのオレンジ光を駆け抜けて、明治通りにでた。あとはまっすぐ目白方面にむかっていく。並走するタカシがいった。

「風ってきもちいいな」

おれには似あわないが、やつにはぴったりの台詞。南池袋から雑司《ぞうし》が谷《や》におりていく道は、ゆるやかに左に曲がる長いながいくだり坂だ。おれたちが思い切りペダルを踏むと、時速は軽々五十キロを超える。まったく春の風は気もちがいい。安月給も、女がいないことも、世界的な金融危機も笑い飛ばしたくなるくらい。

「おまえにはいつも部下といっしょにいる苦しさはわからないだろう」

タカシがめずらしくむかい風に吠えていた。おれも負けずにいった。

「ひとりになりたければ、ひとりになればいい」

「そうもいかない。誰もがおれを頼りにしてる」

なんであれ、トップは孤独なのだろう。おれはたくさんの人間にかこまれ続ける孤独を思った。政権交代後の首相もきっとひとりになりたいことだろう。肉のハナマサに、はいったことのないトルコ料理のレストラン。四車線の明治通りをバスよりも速くとおりすぎる。

「左にはいるぞ」

タカシがそういって、鬼子母神につうじる狭い道に曲がった。

雑司が谷、目白の周辺はこのあたりにしては、めずらしい中の上の住宅街。なんでも第二次世界大戦のとき空襲をまぬがれたのだという。おかげで区画整理はまったくすすまず、自動車一台がやっとの一方通行路が葉脈のようにいり組んでいる。おれたちはスピードを落とし、人どおりのほとんどない路地を自転車で駆け抜けた。

鬼子母神は立派な木々にかこまれた都心の神社だ。樹齢六百年以上というバケモノみたいなイチョウの大樹がそびえて、足元に鬼子母神の本堂と稲荷堂がある。こっちの稲荷堂には真っ赤な鳥居が何十も連なって、子どものころよく一周のかけっこをしたものだ。境内の駄菓子屋でハトと自分のためのポップコーンを買ってね。

大イチョウをすぎると、石畳のケヤキ並木が始まる。このあたりで一番の散歩道で、両側にならぶケヤキは今度は樹齢四百年だとか。江戸時代にはさぞ鬼子母神への参道として栄えたことだろう。今じゃ、ただの民家が続いているだけだが。

「ちょっと、クールダウンしよう」

タカシがロードレーサーをおりて、自転車を押し始めた。おれもその横にならぶ。

「あそこにあるキノコしってるか」

ケヤキの大木の高さ六、七メートルのところにはサルノコシカケみたいなキノコが生えている。おれの子どものころからあるが、誰も手をださなかった。

「ああ、しってる。あいつはくえるのかな」

タカシが春風に負けないくらいやわらかに笑った。キングにしてはめずらしいくらい人なつこい笑顔。

「やめておけ。ここは参道だからな、バチがあたるかもしれない」

クールな王さまの言葉とは思えなかった。きっとこの陽気のせいで、いかれてしまったのだろう。なにせ春にはおかしなやつがわらわらと、間抜けな細菌みたいに発生するからな。そのとき、やけに鋭い声が背中に飛んだ。

「ちょっと、すみません」

若い女の切羽《せっぱ》つまった声。おれたちが振りむくと、タカシと同じようにぴたぴたのサイクルウエアの女が自転車をとめて立っていた。

ただし、女はキングと違って、かなりのぽっちゃり。太ももなんかははちきれそうで、顔も丸々としていた。美人ではないが、愛嬌のある顔立ち。太めの某公共放送アナウンサーという感じか。それも地方局。けれど顔の表情は険しかった。タカシのほうは完全に無視して、おれをにらみつけていった。

「三月十一日の木曜日、朝八時十五分ころ、あなたはどこにいましたか？」

おれは自分を指さした。

「おれのこと？　そんなに正確になにをしてたかなんて、わかんないよ」

いきなり法廷にでも立たされたようだった。女はおれの言葉をきいていないのか、即座にいった。

「その時間に自転車にのっていましたか？」

なぜ、自転車にのっていたことが問題なのだろう。さすがに回転の速いおれも面くらっていると、キングが涼しい顔で助け舟をだしてくれた。

「このピストバイクが問題なら、安心しろ。こいつは今日届いたばかりの新品だ」

ぽっちゃり女はケヤキ参道をおれたちのほうに歩いてきて、顔をくっつけるようにして、おれの自転車を確認した。つるつるのフレーム、油をさしたばかりのギア、ほとんど磨《す》り減っていないチューブラータイヤ。がっかりした顔でぺこりと頭をさげる。

「すみません。人違いみたいです」

おれはいった。

「いいよ、別に。なにか大切なことなんだろ」

女は顔を曇らせた。おれはそのままその場を立ち去ろうとした。そのとき信じられないものを見た。タカシが笑顔で女に話しかけたのである。

「どういう理由で、白い自転車を探しているんだ？　三月十一日の朝なにがあった？　ここにいるマコトは池袋ではちょっと名の売れたなんでも屋だ。女にはもてないし、頭もそこそこだが、こいつに頼めば、なぜか事件は解決する。話をしてみたら、どうだ？」

キングが自分のチームのメンバーでもない、とおりすがりの女の相談にのるなんて前代未聞。女にもてなくて、頭もそこそこは余計だが、事実なのでしかたない。

「いいよ、話をきこう。こいつがあんたのことを気にいったみたいだから。タカシは自転車雑誌の専属モデルじゃなくて、池袋のギャングの王さまなんだ」

女の丸い頬にはなんの変化もなかった。池袋イチのトラブルシューターと池袋イチのキングには、ぜんぜんぴんときていないらしい。このあたりのガキの二大スターなんだが、おれたちもまだまだだな。


三台の自転車を押しておれたちがむかったのは、参道の先にある都電荒川線の鬼子母神前駅だった。駅といっても無人駅で改札もない。自転車をとめて、一段高くなったホームにあがり、春の日のあたるベンチに座る。なんとなく手もちぶさたなので、踏切の横にある焼き鳥屋にいって、つくねを三本買ってきた。ここはおれの子どものころからのいきつけだ。

「ありがとうございます」

女は財布から百円玉をとりだそうとしたが、おれは笑って手を振った。

「そんなもんいいよ。でも、この焼き鳥うまいだろ」

ちょっとタレが焦《こ》げた感じがたまらない。つくねに混ざった軟骨もいい口あたりだ。タカシはじっとつくねの串を見てから、さっさと片づけた。きっとイタリア製のサイクルウエアに似あわないと判断したのだろう。つやつやに光って空を映すレールを見ながら、キングは女にいった。

「話せ」

女の名は、西谷奈菜《にしたになな》。十九歳の大学二年生だという。大学では自転車競技部に所属している。

彼女には弟がいる。西谷雅博《まさひろ》十五歳。ガキのころからやつは運動神経バツグン。五歳から始めたサッカーは、いまやU16の日本代表候補だそうだ。貴重な左利きの左サイドバックなのだ。

「でも、あの日から全部変わってしまった」

放心しきった顔で、ナナはいう。おれがそっといってやった。

「三月十一日か」

「そう、あの朝、マサヒロは寝坊して、家をでていった。わたしは部の練習が午後からだったから、いっしょに朝ごはんをたべて、見送ったの」

日々繰り返される日常の光景。おれはなんだか嫌な予感がした。

「マサヒロから電話があったのは、まだ朝のコーヒーをのんでいた三分後だった」

痛い、痛い、歩けないから、すぐに鬼子母神の参道にきてくれと日本代表候補はいったという。

ぼくの足が、左足がダメになったかもしれない……。

「おかあさんとわたしで、すぐに家を飛びだした。あそこはうちからほんの二百メートルくらいだから。三本目のケヤキの木の根元で、あの子は座りこんでいた。左足の足首を押さえながら」

タカシが湿度を感じさせない声でいった。

「悪いのか?」

ぽっちゃりした姉が暗い顔でうつむいた。

「お医者さんがいうには、普通の部位の単純な骨折ならいいんだって。骨折によって以前よりも骨の強度があがることもめずらしくない。でも、ひざとか足首とか肩とか、複雑な構造の関節を一度ひどく壊してしまうと、怪我するまえのパフォーマンスをとりもどすのは、ほとんど不可能だって」

目のまえを客がまばらにのった一両きりの都電が走りすぎていった。やけにのんびりした淋《さび》しい電車。おれはいった。

「あたりには誰もいなかったのか?」

「ええ、わたしがいったときには、通行人はいなかった。当然、轢《ひ》き逃げ犯もね。参道の石畳が冷たくて、ケヤキの枝がアンテナみたいに空に伸びてるだけ」

ナナは深々とため息をついた。きっと自慢の弟だったのだろう。

「マサヒロがいうには、いきなりうしろからなにかがぶつかってきて、気がついたら自転車ともうひとりの男とからみあって、いっしょに参道に倒れていた。足首に後輪がのって、くるぶしが割れるみたいに痛かったって。自転車は白いフレーム。それで後輪には変速用のスプロケットがついていなかったみたい」

スプロケットはギアだ。それならシングルスピードのピストバイクになる。白いフレームもどんぴしゃだ。おれは振り返って、とめてある自転車を見た。エコだろうが、おしゃれだろうが、どんなものでも凶器になるというのは確かなようだ。おれはいった。

「男のほうはどんな感じ？」

「サングラスにイヤフォン。ジーンズに黒っぽいパーカを着てたみたいだけど、印象がほとんどないんだって。自転車のほうは覚えてるのに、人の記憶はないみたいなの」

池袋を歩いてるガキの半分はそんな格好をしている。あまり参考にはならない。タカシはまるで関心なさそうにいった。

「警察は？」

「届出はしたけど、簡単に調書をとっておしまい。自転車もいちおうクルマではあるけれど、自動車の轢き逃げ事件と違って、きちんとした捜査はしてくれないんだ。誰も死んでないし、弟が怪我しただけだから。現場にきて何枚か写真撮ってたけど、遺留品はなにも見つからなかった。気の毒だけど、がんばって足の怪我を治していきましょうって、リハビリのお医者さんみたいなこといわれた」

同じ轢き逃げでも、自転車では警察は本気にはならないだろう。自転車の場合、自動車メーカーのように塗装や壊れて剝落《はくらく》したパーツから、車種を特定するのも困難だ。第一手がかりになるような遺留品もゼロ。絶望的な話だ。

タカシがおれの顔を見た。なぜか理由もなくうなずきかけてくる。

「話はわかった。警察は助けにならないから、おまえは自分で白い自転車にのった男を捜している。轢き逃げ犯だ」

ナナは不思議そうな顔で、似たようなウエアを着たキングに目をやった。うなずいている。

「だったら、ここにいるマコトをつかえ。こいつはヒマつぶしに、他人のトラブルに頭をつっこんではあれこれと動きまわるのが趣味だ」

「でも、わたしはお金もっていないです」

タカシはその日二度目のとろけるような笑いを見せた。Gガールズならこの顔を見るために、五千円のチケットだって買うだろう。キング・スマイル。

「だから、金はいらないといってる」

現金なことに急に女の顔色が明るくなった。

「ほんとうですか。わたし、この一週間、ずっとひとりで白い自転車捜してて、だんだん不安になってきてたんです。犯人をつかまえても、弟の足がよくなるわけじゃないし、もうやめちゃおうかなって」

日のあたるホームのベンチで、ナナが頭をさげた。

「マコトさん、タカシさん、よろしくお願いします。弟の足を傷つけたやつを見つけてください。

わたし、ずっとくやしくて……」

うつむいたナナの目から、ぽつんと涙がコンクリートのホームに落ちた。黒い染《し》みになって吸いこまれていく。タカシがいった。

「見つけて、どうする？」

ぱっと顔をあげて、真っ赤な目でナナはいう。

「わからない。同じように足を砕くかもしれないし、警察につきだすかもしれない。だって、そいつはその場からなにもせずに立ち去ったんですよ。弟が怪我をしているかどうか確かめもせずに」

ナナはウエストポーチから、携帯電話をとりだした。データボックスを開き、写真を選んだ。

「これがうちの弟です」

ちいさな液晶画面のなかにユニフォームを着て、腕を組んで誇らしげに立つ少年が映っていた。左足は軽くサッカーボールにのせている。顔はどこか虚弱体質のいじめられっ子って雰囲気だが、きっとサッカーの才能があるのだろう。自信満々って感じ。タカシがおれの肩をたたいていった。

「やってくれるな、マコト。その自転車とグローブが報酬でいいな」

おれはしぶしぶうなずいた。ここまで話をきいたら、断るのもむずかしいだろう。いい機会なので、携帯電話の番号とアドレスを交換した。おれたちは鬼子母神の駅で、またくわしい話をきかせてくれと手を振って別れた。

タカシはミーティングがあるから、池袋にもどらなくちゃならない。ナナが参道に消えてしまうと、タカシがいった。

「あの女のアドレス、おれにも教えてくれ」

雷に打たれても、おれはあれほど硬直しなかっただろう。自転車にまたがりフリーズしたままいった。

「本気か、タカシ。おまえって、ああいうぽっちゃり型がタイプだったのか」

王の氷の頬の内側に豆電球でも点灯したようだった。氷を透かしてのぞく、ほんのわずかな血の色。照れているのだ！　王は無言でロードレーサーにのると、ものすごい勢いでペダルを踏み始めた。明治通りにむかう道を風のように走っていく。おれはやつの背中に叫んでやった。

「わかった。おまえのためにも、しっかり犯人を見つけてやるよ」

おれはにやにや笑いながら、ゆっくりと自転車でキングのあとを追った。うまくすれば、ものすごくデカい貸しを池袋のキングにつくれるかもしれない。それならやる気になろうというものだ。


おれは店に帰って、自転車事故について調べてみた。こんなときのネットはやっぱり便利。まあ、おれの場合ほとんどネットは見ないのだが、なにかわからないことがあったとき、そいつのアウトラインをつかむくらいの役には立つ。ほんとうのところ、当事者がどんなふうに感じ、考えているかまではわからないんだけどな。

平成十八年度、自転車と歩行者の衝突・逃走事故は二七六七件。こいつは十年まえの五倍なのだとか。今じゃあ、こんな数字は半年で簡単に塗り替えられてしまうだろう。ちなみに衝突・逃走の刑罰は、一年以下の懲役または十万円以下の罰金だ。あんたが歩道で誰かと自転車でぶつかったとする。そいつも立派な交通事故だってこと。

すらすらと読みすすめていたおれの目がとまった。これは実際に起きたケース。ある学生が通学途上に歩行者と衝突。被害者は脊髄《せきずい》損傷による心身麻痺を起こして、補償金六千万円で決着したという。学生と親の負担を想像した。それに寝たきりになった被害者の気もちも。

いや、ほんと自転車にのるにも、覚悟がいるよな。

最近のマナーの悪いライダーはみな、この数字を覚えておくといい。


その日の夕方、おれは店先でナナの弟の事件を考えていた。

「マコト、仕事中なんだよ。気を抜くんじゃない」

おふくろから容赦ない声が飛ぶ。だいたいおれは、真剣に考えるほどぼんやりしているように見えるらしい。大賢《たいけん》は大愚《たいぐ》に似たりというよな。おふくろの怒りは、いつも理不尽だ。客なんてひとりもいないのに。

「はいはい。わかったから、うえにいって晩めしでもつくってくれよ」

おれはひとりになりたかった。なにかをきっちりと考えるには、孤独が欠かせない。おふくろが二階にあがると、おれは店先のCDラジカセにディスクをいれた。ロベルト・シューマンの交響曲第一番。「春」というのんびりした標題がついている。確かに第二楽章のラルゲットなんかは、テレビドラマじゃないがまったく麗《うるわ》しい春のカンタービレだよな。

この曲はシューマンが三十歳すぎにつくったものだ。昔の人間って、なんでこんなに早熟なのだろうか。おれは二十代なかばに近づいても、まだおれの作品ナンバー1を刻んでいなかった。こうして街の芥《あくた》のようなトラブルに頭をつっこみ、右往左往しているだけだ。

悪くない生きかただけれど、それでもこの有り余る才能を生かす場所がどこかにないものかとときに世を呪《のろ》いたくなる。まあ、そんな呪いはうまい晩めしと缶ビール一本で、きれいに蒸発しちゃうんだけどね。


翌日、おれはナナとウエストゲートパークで落ちあった。

なんだか暑いくらいの日ざしで、円形広場をとりまくケヤキとソメイヨシノの枝先には、ぽつぽつと新芽がついていた。ケヤキは薄緑の芽、サクラは赤茶色の芽だ。パイプベンチに腰かけると、ナナがいった。

「あとで、弟がくるから、直接話をきいてあげて」

もうすこし事故当時の情報がしりたいといったのはおれのほうだった。黙ってうなずく。ベンチのとなりに座っていると、ナナの太ももがひと抱えもあるステンレス製のパイプベンチに負けないくらい丸かった。最近の若い女は細ければいいと頑《かたく》なに信じこんでいるけど、ある程度の筋肉と脂肪は必要だと、おれは男性を代表していっておく。鋭くてとがっているだけでなく、人間には丸さとやわらかさが絶対的に必要なのだ。肉体にも精神にもな。

「あっ、マサヒロ」

その声で、おれはなんとか視線をぴたぴたのサイクリングパンツから引きはがし、芸術劇場口に目をやった。松葉杖をついた小柄な少年だった。トレーニングウエアのうえに、フィールドコートを着こんでいる。こんなに細くてサッカーができるのかというくらい、がりがりの男の子だった。こちらのほうを見ずに、マサヒロはうつむいて足を引きずってきた。春の都会の乾いた公園で、やつのまわりだけ影が濃くなっているようだ。のんびりとした春の陽光は、やつを照らしていない。

ベンチのまえに立ったマサヒロに声をかけた。

「座れよ」

困ったような暗い顔。ナナがおれのほうに詰めたので、太ももと太ももが一瞬だけふれあった。キングに殺されるかもしれない。マサヒロは松葉杖をベンチの横に立てかけ、片足でけんけんするように腰をおろした。

「足のほうはどうだ？」

マサヒロの声はききとれないほどちいさい。こっちまで心細くなりそうだ。

「手術した。来週から、リハビリだって」

怪我の正式な名称は、足関節脱臼骨折とアキレス腱《けん》の部分断裂だと、ナナにきいていた。どちらもスポーツ選手には命にかかわるような重傷だ。

マサヒロはそのとき急に顔をあげて叫ぶようにいった。

「昔みたいにはボールを蹴れないかもしれないけど、ぼくは絶対にまたサッカーしに、グラウンドにもどるから。ナナ姉、心配いらないから。おとうさんとおかあさんにも、そういっておいて」

おれはまえ髪が長くて、ほとんど隠れているマサヒロのつぶらな目を見た。悲しげではあるが、やる気を完全になくしてはいないようだ。

「がんばれよ。きっとまたすごいプレイができるようになる。おれ、おまえのことぜんぜんしらないけど、マサヒロならできるような気がする」

大人はたとえ希望的観測とわかっていても、なにかいわなければいけないときがあるよな。マサヒロは淋しそうにいった。

「でも、帝都学院のスポーツ推薦は、この怪我でダメになっちゃった」

そこは全国大会を何度も制覇している名門校。また、暗い顔にもどっている。ナナがいった。

「だいじょぶ。ほかの高校にいって、帝都のサッカー部やっつけてやればいいじゃない。見返してやろうよ」

ナナが弟の肩をぽんぽんとたたいた。

「この子、アキレス腱はお風呂であたためるのがいいってきいて、毎日一時間半お風呂のなかで、マッサージしてるの。わたしがはいる時間がぜんぜんなくて困ってるんだよね」

仲のいい姉と弟というのはいいものだった。おれはひとりっ子なので、こんな姉貴がいたらいいなと思った。命令ばかりするえらそうな兄貴はいらないけどね。

「おれ、ナナさんに頼まれて轢き逃げの犯人を捜しているんだ。事故の日のこと、もうすこしくわしくきかせてくれないかな」

どんな情報でもいい。おれのほうは白いピストバイク以外にはなんの手がかりもないのだ。マサヒロはうなずいた。

「まず、その白い自転車にのった男だけど、まえにも何度か見かけたことはあったのかな」

「うーん、注意してないから、わからない。でも、見たことなかったような気がする」

おれはナナにも同じことをきいた。

「わたしも見てないかな。でも、なぜそれが大事なの」

「自転車にのってるってことは、通勤だか通学で近くに住んでるってことだろ。まあ、最近じゃあ、片道二十キロくらいなら自転車でかようっていう猛者《もさ》もいるけど、普通ならそんなに遠いところに住んでるはずがない。だとしたら、何度か見かけたことがあるかなと思ってさ」

もしかりに轢き逃げ犯がたまたま遠距離のサイクリングにでかけた途中で、世田谷だとか埼玉にでも住んでいたら、おれのほうは完全にお手あげだった。捜すあてがないのだ。事故を起こした場所になど、二度とこないはずだ。

だが、通勤通学なら話は別だ。だいたいは自分の気にいった最短ルートを会社か学校まで決めて走っているだろう。交通量や道端の景色、冬なら日のあたりかた。自転車は自動車よりも断然多くのルートの選択肢がある。マサヒロがいった。

「あの日は、いつもより寝坊して遅刻していったから、それで白い自転車を見ていないのかもしれない」

ナナがくやしそうにいう。

「わたし、一週間以上あの参道で朝からずっと見張りをしてるけど、白い自転車なんてぜんぜんとおらないよ」

「事故が起きたのが、二週間まえ。用心して、轢き逃げ犯はルートを変えているのかもしれない。なにか記録はとっていないのか」

「記録って、なんの？」

　おれはあきれていった。この女は張りこみの基本がぜんぜんできていない。

「だからさ、犯人は自転車を替えてるかもしれないし、服装だって変装してるかもしれない。サングラスやイヤフォンも同じだ。でも、男性で、自転車にのってるってところは、変えようがないだろ。だったら、朝、あの参道をとおる男をすべて記録しておけよ。明日からちゃんとやるんだぞ。おれもつきあうから」

　マサヒロが不思議そうにいった。

「それでほんとうに犯人が見つかるの？」

「そんなこと、わかんないよ。でも、Gボーイズのキングがやれといってるんだから、人手はいくらでもつかえるさ。とりあえず二週間くらい、がんばってみないか」

　それ以上張りこみをしても、たぶんムダだからとはいわなかった。だいたい張りこみって、ものすごく退屈で面倒なのだ。店番という罰ゲームから、また別な罰ゲームに飛びこむようなものだ。

「ところでさ、なんで自転車は覚えてるのに、のってた男のほうは覚えてないの？」

　最初に話をきいたときから、そいつはおれの素朴な疑問。

マサヒロはパスの受け手が見つからないときのように困った顔をした。

「よくわからないけど、なんだかロボットみたいだった。がつんと足を削られて、倒れたときはうしろからスパイクされたのかと思った。うえを見たら、自転車のフレームのうえに男の人が転がっていた」

マサヒロ、自転車、犯人とサンドイッチのように重なって倒れたのだろう。

「声は？　その男はなにかいってなかったか。すみませんとか、ごめんねとか」

左サイドバックは首を横に振る。

「きこえたのは、携帯プレーヤーのイヤフォンのしゃかしゃかいうシンバルの音だけ。ひと言も口をきかなかった」

不気味な男。寒い早春の朝、そんなやつにまともに衝突されたんじゃたまらない。

「で、やつはどうした？」

なにか嫌なことでも思いだしたようだ。マサヒロが震えている。

「ロボットみたいにぎくしゃくした動きで立ちあがった。よくモノマネであるでしょう。関節が硬くなってるロボットダンス、あんな感じで立つと、あいつは自転車だけ引き起こした。サングラス越しにこっちをじーっと見て、それからなにもいわずに、走っていってしまった。しゃかしゃかの音が遠くなっていく。あいつは急いでいるふうでもなかった。なんだか、すごくくやしいよ」

マサヒロはじょうぶなほうの右の太ももを、平手でぱんとたたいた。

「だって、あいつ、空き缶でも踏んで転んだくらいにしか、思ってなかったみたいなんだ。ちょっと自転車でぶつかるくらいなんでもない。悪いのはそっちのほうだっていう感じだった。チキショー……」

ひざしたのギプスで固められた左足に目を落とした。

「……サッカーができなくなった。サッカーがぼくの命だったのに……チキショー」

もしかしたら、自分が轢いた相手が大怪我をしたことさえ、そいつは気がついていないのかもしれなかった。だとしたら、その無神経がこちらのチャンスになるだろう。おれはそう思った。ちょっとした軽い接触事故。それなら、たいして警戒せずに同じルートをとおるかもしれない。人海戦術なら、Ｇボーイズはお手のものだ。


おれはベンチのうえで豊島区の地図を広げた。雑司が谷と南池袋を蛍光ピンクのラインマーカーでぐるりとかこんだ。

「そいつはあの参道を池袋の駅の方向に走っていったんだろ。どこかこのあたりの近くに住んでいて、きっとその朝、池袋に用があったはずだ。朝の八時といえば、ちょうど通勤時間とも重なる。九時に業務がスタートするとしたら、池袋駅に自転車をおいてＪＲかメトロをつかって、どこか都心のオフィスにむかったというのが、一番ありそうな話だ」

もちろん、全部はずれの場合もあるだろう。やつが早朝サイクリングマニアで、月に一度東京のあちこちを走りまわっている可能性もある。だが、おれは単純なので、ムダな可能性は考えないのだ。オッカムの剃刀《かみそり》だ。余計な心配や意味のない可能性に心を悩ますことがなくなれば、生きることはずいぶん楽になる。

おれは地図を見ながら、場所を狭《せば》めていった。鬼子母神の参道は、雑司が谷の三丁目にある。その参道の入口と出口、さらに周辺の交差点で池袋・明治通りにむかう場所を、ひとつずつラインマーカーでつぶしていく。雑司が谷三丁目の三角形の地域をほぼカバーするのに、約十二カ所ですんだ。

「おれも明日からいっしょに張りこむよ」

ナナがじっと地図を見つめていった。

「でも、ほかにも十カ所以上もある」

おれは携帯電話を抜きながらいった。

「だいじょぶ。このまえおれといっしょだった友達が、なんとかしてくれる。覚えておけよ、あいつの名前、安藤崇っていうんだ。池袋じゃ、困ったときに、その名をだすと魔法みたいによくきくんだぞ」


その日の午後、うちの果物屋のまえにGボーイズの公用車がとまった。クジラみたいにでかいメルセデスのRVだ。おれがのりこむと、氷のうえを滑るように走りだす。おれは後部座席で地図を広げ、タカシといっしょにのぞきこんだ。マサヒロの情報を整理して伝える。キングは目を細めてきいていた。うれしいときに冷たくなるのは、この男の天然の癖。なんというかシベリア寒気団のような性格なのだ。

「おまえのレクチャーはいつも的確でいいな。ヨシキ、おまえもきいていたか」

助手席に座ったこのまえの官僚に話しかけた。

「要点だけをシンプルに報告し、自分の感覚は思い切って伝える」

「了解です、キング。でも、感覚って、ただの勘ですよね。そういうものも報告するんですか」

確かにGボーイのいうとおりだった。だが、タカシには迷いはない。

「ただの感覚がただしいかどうかは、おれが判断する。こいつみたいに研《と》ぎ澄ませた勘なら、おれはいくらでも話をきくぞ」

めずらしいキングのほめ殺し。おれは雑司が谷三丁目の地図を指さしていった。

「この十二カ所の交差点で、張りこみだ」

キングがにやりと笑った。

「ようやく話が動きだしたな。おれの出番だ」

目を丸くして、おれはタカシを見た。

「おまえが張りこみすんの？」

平然と気まぐれな王がいう。

「ああ、悪いか。マコトがうちのチームの手配をするんだろ。おれもナナといっしょに張りこむ」

タカシは本気なのだと思った。いや、人には誰でも弱点があるものだ。完全無欠なはずのキングの弱みが、ぽっちゃり系のかわい子ちゃんだとは。あきれていると、やつがいった。

「十二カ所の交差点で、朝夕の張りこみだな」

「いや、夕はやめておこう」

RVはちょうど雑司が谷にさしかかっていた。

「ほら、この街を見てみろよ。寺と神社とあとはすごく静かな住宅街だろ。夕方から夜にかけて、Gボーイがずっと張り番をしてたら、住民から警察に苦情がくるよ。張りこみは朝だけ。それも事故のあった時間を中心に、九十分だけにしよう。そのあいだに自転車で通行するすべての男をチェックしていく」

メルセデスはケヤキの参道にはいった。ざらざらと石畳を通過するタイヤの音が車内にはいってきた。タカシはいう。

「こいつは前線基地として、ここにとめておいてもいいな。なんなら、ここにビデオカメラをすえつけよう」

うーん、作戦の細かな部分はすべておれが決めていたのに、今回は調子が狂ってしまう。おれはやけにうれしそうなキングにいった。

「おいおい、おまえはこの街のガキの王さまなんだから、しっかりと統治してくれよ」

タカシはあたりまえの顔をして、胸を張った。


つぎの朝から、おれは鬼子母神の参道の入口で張りこみを始めた。おれのそばには、手帳をもったナナとなぜかタカシがいる。自転車が三台、ケヤキの根元にとめてある。こんなに落ち着いた仕事は初めてだった。

都電荒川線の踏切から、自転車がやってくる。女なら無視して、男ならチェックする。おれたちはおしゃべりをしている。また、つぎの自転車がやってくる。チェックとおしゃべり。あい間にナナがいれてきてくれた熱々のミルクティを一杯。また自転車がやってくる。おれはなんだかすべての自転車に声をかけたくなった。おはよう、諸君、いい朝だな。

九十分はまたたくまにすぎて、おれたちの手元には一枚の紙切れとVTRが一本残った。タカシはスパイ映画のようにクルマのなかに撮影隊を手配したのだ。

その朝、ケヤキの参道をとおった自転車は、百二十一台。

うち男が、七十八。

白いピストバイクはゼロだった。

張りこみ初日の午後には、全十二カ所からの記録がおれの手元に集まった。

おれの注文で、自転車の形とのり手の服装のかんたんなメモがついている。たとえば、こんな調子。八時十三分、赤いマウンテンバイク通過、三十代の男、シルバーのダウンとニット帽。雑司が谷三丁目だけでも、全部で六百台を超える自転車が走っているのだ。おれは一台一台をチェックしながら、地図に台数を書きこんでいった。

そんなことをしてもなんになるのかわからないが、せっかくの記録だ。まるで交通量の調査員みたい。おれの場合、ただなんだから、ボランティアもいいところ。でも、そんなふうにしていると、この街の朝の自転車の流れが手にとるように感じられるからおもしろいものだ。最後にでていく方向で、目的地の予想はついた。

　六割五分が池袋駅方面、二割強が目白通り方面で、残りは東京メトロの東池袋駅だった。あの参道を北に抜けたということは、白い自転車の轢き逃げ犯はやはり池袋にむかっていたはずだった。

　だが、なぜ白いフレームのピストバイクは一台もないのだろうか？


　そのまま四日間、張りこみを続けた。

　平日の自転車の台数はほぼ変わらない。ということは、ほとんどが通勤目的の利用で、同じ顔ぶれが毎朝とおっていることになる。そのころにはタカシとナナとおれはけっこういいトリオになっていた。まるで、かけあい漫才のように話がはずむ。

「マサヒロはどうしてる？」

　おれが質問すると、ナナがメモをとりながらいった。

「えーっと、黒いミニベロ、紺のスーツの会社員。時間は八時二十分。うん、元気にリハビリしてるよ。つま先が固定されているから、すごく歩きにくいみたいだけど、歩かないと足の裏の筋肉とかが落ちちゃうんだって」

　タカシがさらりといった。

「ああ、長趾屈筋とか、後脛骨筋とかな。足の裏で地面をつかんで、身体全体のバランスを生む筋肉だ」

「へえ、おまえって筋肉にはくわしいんだな」

「ああ、ボディビルダーみたいな筋肉バカじゃないが、身体のすべてのパーツの働きには理由と目的がある。そいつを学んでおくと……」

タカシはちらりとナナの横顔を見た。小声でいう。

「壊すときにも、動かすときにもいいんだ」

また、つぎの自転車がやってきた。ナナが新しいページを開いて記録する。

「クロスバイク、白。十代の高校生風。緑のブレザーと。時間は八時二十一分」

もう五日目だった。こんなことを続けていて、ほんとうに轢き逃げ犯に近づけるのだろうか。店番をさぼっているものだから、おふくろの機嫌もだんだんと悪くなっている。ため息をつきそうになったとき、ナナがボールペンをおいて、ダッフルコートのポケットから口紅を抜いた。全身ぽっちゃり系らしいふくよかな唇に、パールピンクの色をさした。気づいたときにおれはいっていた。

「……そいつだ」

ナナもタカシもついにいかれたのかという顔でおれを見た。ナナがいう。

「そいつだって、これただのグロスだけど。リップクリーム代わりに塗ってるだけだよ」

「だから、轢き逃げ犯も塗ってるかもしれない」

ようやくタカシが気づいたようだった。

「フレームのペイントか？」

「そうだ。自転車のペイントくらい、スプレーで簡単にできる。フレームからパーツをはずすのも慣れればすぐだしな。明日から、ピストバイクに的をしぼろう。色はどんなのでもいいから、のり手についてもっとしっかり観察してくれ。おれ、あとで全チームに連絡しておく」

ナナが驚いたようにおれを見ていた。タカシは部下でもじまんするようにいう。

「こういう鼻がきくのが、マコトのいいとこだ」

「きゃー、すごいね、マコトさん」

手帳を放りだして、おれに抱きついてきた。あたたかくて、やわらかな身体。胸がおれの胸に押しつけられる。タカシは氷の王さまの表情を崩さずに、ほんの一ミリほど不機嫌になった。

いや、ほんとにいい気分。

その日の午後は、五日分の記録をすべて見直すことになった。

とくにピストバイクだ。白はなくても、赤・青・緑・黄緑・オレンジ・銀、あとは白と青・白と赤のコンビ。計八台のピストバイクが毎朝雑司が谷三丁目を走っていた。そのうち六台は、鬼子母神の参道をとおっている。

これなら、あと一週間でも、なんとかなりそうだ。おれはその夜、いい気分でシューマンの一番をききながら眠りについた。

「そうか、ピストバイク専門で検問をかけるのか」

翌朝七時、見慣れたケヤキ参道で、すぐにタカシはおれのいうことを理解した。ナナが質問した。

「でも、どうやって、とめるの？」

おれはにやりと笑っていった。

「このまえ、ここでおれを呼びとめただろ。あれと同じでいい。走り抜けていくだけじゃ、再塗装をしたかどうかはわからないけど、とまっているのをちゃんと見ればフレームの色を替えたかどうかはわかるからな」

タカシがその気になっていった。

「おれはどうする？」

「おまえはなにもしなくていい。突然、左のジャブストレートとか打つなよ。危険だからな。相手は轢き逃げ犯とは限らない。ナナが話をしているあいだに、おれがしっかりピストバイクを観察する。タカシは合図があるまで動かないでくれ」

キングはつまらなそうな顔をして黙っていた。今回はいいようにタカシをいたぶれるのだ。ほんとにたのしい依頼。

その朝、最初のピストバイクは鮮やかな黄緑。タイヤは白で、なにもテープをまいていないドロップハンドルはアルミニウムの銀のまま。すごくきれいで妖精のような自転車だった。のっている男は、サングラスではなくメガネをかけた中年の職業不詳タイプ。まあ、東京にはよくいるどんな仕事をしているのか想像もつかない男だ。

両手を口にあてて、ナナが遠くから叫ぶ。

「すみませーーん！」

黄緑のバイクがスピードを落とすと、今度は両腕を広げてナナは道をふさいだ。男はちょっと驚いた顔をしたが、落ち着いたものだった。

「おやおや、いったいどうしたの」

男はタイツのうえに短パンを重ねばきしていた。おれはやっぱり男のタイツは嫌いだ。

「すみません。ここで三月十一日に自転車の事故があったんです」

「ああ、そういうことか。ぼくにはよくわからないけど、誰か怪我でもしたの」

おれは男がまたがる自転車を見た。とくにフロントチューブのエンブレムのまわり。だが、そこにあるビアンキのマークはきれいなままで、再塗装の気配もなかった。

「はい、うちの弟なんですけど、足首の骨を骨折してしまったんです」

「気の毒に。自転車はこう見えてスピードがでるから、歩行者には注意しないといけないんだけどね」

おれは首を横に振った。それに気づいたナナがぺこりと頭をさげていった。

「どうもすみません。おさわがせしました。もうだいじょうぶです」

男はサドルを踏みやすい位置にあげるといった。

「犯人が見つかるといいね。それじゃあ」

さわやかに走り去ってしまう。おれが肩をすくめると、タカシがいった。

「これじゃあ、おれの出番は永遠にきそうもないな」

だが、そのあと三人目で、おれは退屈したキングがいかに危険か思いしらされることになった。


二台目のピストバイクはつや消しオレンジだった。

特注品のようで、フレームのどこにもブランドのロゴははいっていない。ナナが呼びとめた男はまだ学生のようだ。最初は部活に遅れると怒っていたのに、事情を話すと同情してくれた。おもしろそうだから、練習を休んで張りこみと検問につきあおうかという。

おれとナナは丁重にもうしでを断り、またケヤキの幹のしたにもどった。おれはいった。

「だけど、こうして天気のいい春の朝に、こんな場所にいられるっていうのは、気分いいもんだな」

実際にそうなのだ。自動車のほとんどとおらない都心の参道。ヨーロッパの市街地のような割石の石畳。ななめにさした硬い日ざしは、裸のケヤキの枝をとおり抜けて、地面に繊細な影を落とす。おれたちは長い影を引きながら、とおりかかるきれいな自転車を呼びとめる。なんだかおかしなトラブルシューティング。タカシまでがいう。

「まったく。春の朝というのも悪くないな。風が気もちいい」

参道を抜けてくる風が、かさかさと去年の枯葉を転がしていく。ナナがかすれた声でいった。

「もし犯人が見つからなかったとしても、わたしはおふたりにほんとに感謝しています。あのとき声をかけてよかった。困っているわたしたちにこんなに真剣になってくれて、ありがとうございました。うちの両親も、マサヒロも、わたしも、なんていったらいいのか……」

それで感極まってしまったようだ。ナナは顔を真っ赤にして、ぽつりと涙をひとつ落とした。

三台目のピストバイクがやってきたのは、そのときだった。泣いているナナの代わりに、おれが声をかけた。

「すみません」

赤いバイクはおれたちをすり抜けようとしたが、両手を広げたタカシとおれのすぐ手まえで停車した。おれはいった。

「もうしわけないけど、ここで三月十一日に轢き逃げ事件が起きたんだ。犯人はピストバイクにのっていた。白いフレームだったそうだ」

男の目には表情がなかった。イヤフォンからはしゃかしゃかとシンバルの音。携帯プレーヤーをとめると、男がいった。

「白い自転車なら、関係ないだろ。急いでいるんだ。そこをとおしてくれ」

あとで何度も話すことになる絶妙のタイミングで、参道の入口から声がかかった。

「ナナ姉、これあったかいココアだって、おかあさんがマコトさんとタカシさんにってさ」

逆光になったマサヒロのシルエットは、両側に長い松葉杖を引いている。それを見て、なぜか男が急にあせりだした。おれはフレームを見た。フロントチューブとダウンチューブのつなぎ目に、赤いペンキが垂れた跡がある。とてもプロの仕事とは思えなかった。タカシが叫んだ。

「マコト、こいつだ」

同時に男がペダルを踏んでいた。参道を全速力で走り始める。タカシは自転車をとりにもどらなかった。腕を振って、参道の奥に待機しているＲＶに合図を送った。ピストバイクはもうトップスピードだった。タカシも飛ぶように走っていく。こいつには二十四段の変速機もないのに、スピードは自由自在だ。赤いピストバイクはメルセデスとタカシに挟撃《きょうげき》された。野球用語で挟み撃ちは、ランダウン。正面から襲ってくるＲＶの巨体と信じられないスピードで追いすがる生身のタカシ。やつにとって、どちらのほうが恐ろしかっただろうか。

　つぎの瞬間、おれは想像もしていない光景を目撃した。タカシは軽々とジャンプすると走っている自転車にタックルをかけたのだ。ラグビーの基本どおりタカシのタックルはしっかりと男の腰にはいった。自転車ごとふたりは横飛びになって石畳を転げていった。

　ぐるぐると回転して、気がつくとタカシがマウントポジションをとっていた。右手で男の額を押さえ、左手を軽く振りおろした。やつの左手には白い自転車用のグローブ。こぶしのところだけカーボンのプロテクターがはいったおれのと同じ高級品だ。顔の真んなかにやつのこぶしが落ちる。鼻の軟骨が砕ける音ってあんまり気もちのいいものじゃないよな。

　鼻を押さえて泣きだし、無抵抗になった男をおいて、キングが立ちあがった。

「こんなもので、よかったか、マコト」

　むちゃくちゃなことをする王さま。おれはかろうじていった。

「ああ、一番いい場面は全部タカシのものだった」

　王は鷹揚《おうよう》にうなずいて見せた。当然だといいたいのだろう。ナナがやってきて、地面に伸びている男の顔をのぞきこんだ。血まみれの鼻とやはり機械のように感情のない目。

「おまえのせいで、うちのマサヒロはサッカーができない身体になったんだ。ぶっ殺してやる」

石の代わりに自転車についていたアルミの水筒を振りかぶった。重さが二キロ近くある金属容器は十分な凶器だ。タカシはここでも疾風のような速さを見せた。ナナの両手を片手で押さえていった。

「よせ、おまえの弟が見てる」

マサヒロはまたこのまえと同じフィールドコートを着ていた。松葉杖で近づいて、しっかりとした声でいう。

「そいつを殺しても、ぼくの足は変わらない。ナナ姉、ぼくはだいじょうぶ。自分の足は自分で治してみせるから」

わーっと声をあげて、ナナが泣きだした。タカシはナナの手から水筒をとると、おれに放り投げた。あまった両腕で泣いている女の肩を抱いた。まあ、この役はくやしいがおれよりもタカシのような二枚目のほうが似あう役である。

メルセデスから、ばらばらとGボーイがおりてきた。

「キング、だいじょうぶですか。さっき、五メートルくらい宙を飛んでましたよ。ものすごいタックルだったなあ」

タカシは王の無関心でいった。

「警察を呼べ。マコトたちと轢き逃げ犯を残して、おれたちはここから消える」

ナナを離すと、タカシは男のデイパックを探り、財布のなかから名刺を抜いた。

「三月十一日、この参道でなにがあったか、池袋署で話せ。おまえが轢き逃げ犯でないとしらを切るなら、つぎはおれがおまえの両足をマサヒロのようにしてやる。わかったか？　わかったら、うなずけ」

男はやはり機械のようにかちかちと硬くうなずいてみせた。サイレンの音がきこえてきたころ、タカシはメルセデスとともにロードレーサーで走り去っていった。

夕方、またウエストゲートパークで会おうと手を振りながら。

男の名前は、原慶介《はらけいすけ》。マサヒロの轢き逃げについては、警察のとりしらべに素直に応じた。やつは自分の鼻がなぜ折れたのか、誰にもいわなかった。確かにタカシの脅しも効果的だったのだろうが、おれはもうひとつの理由があったと思っている。

やはり男は自分が衝突した少年が重傷を負っていたことをしらなかったのだ。松葉杖をついた少年の影を見て、自分も同じように痛みを背負う必要があると考えたのではないか。男と西谷家のあいだで、今は補償金の話しあいがおこなわれている。これだけの轢き逃げ事件でも、男は初犯だったし最長でも一年の刑期なので、簡易裁判所では執行猶予がつけられた。

まあ、これからはむちゃな自転車運転はしなくなるだろう。

あんたも気をつけるようにな。

マサヒロはつらいリハビリを耐え抜いて、七カ月後にはグラウンドに復帰した。まだ元のように左足は動かないというが、十五歳と若いのだ。可能性は無限にある。おれも一度ナナとタカシといっしょに試合を見にいったのだが、さすがにU16の日本代表候補だった。左足の調子が完全ではなくても、頭の悪い子どもをあしらうように相手チームのディフェンスをすいすいと抜き去っていた。

そして最後にタカシとナナのこと。

どうやら、ふたりはちゃんとつきあったようだ。自転車二台で池袋の街を駆ける姿が何度か目撃されているし、うちの店にそろって顔をだしたこともある。当然ながら、Gガールズのあいだでは、あの女はどこの誰だと大騒ぎになった。たいして美人でもないし、太めでスタイルもよくないのに、許せない。女の嫉妬は怖い。

だが、幸福な時期は長くは続かない。

絶対権力をもつ王さまだって、人間なのだ。

恋愛では人は簡単に幸福になれないように、運命的に定められている。春が終わり、夏が衰え、淋しい秋風が吹くころには、タカシの久々の本気の恋も終わっていた。今では、やつのまえで、おれはナナの話はひと言も口にしない。

まあ、ここだけの話、おれはやつの親友だし、そんな失言をして、どこかの轢き逃げ犯のように鼻を顔面にめりこませたくはないからな。

北ロアイドル・アンダーグラウンド

昔のアイドルって、なんであんなに輝いていたのかな?

スポットライトを浴びたステージのうえ、どこかのオッサンが書いた恋の歌をうたい、きらきらと目をうるませる。ひざうえ三十センチのスカートに、やけにくるくる誘うように動く指先。まえ髪は眉をほとんど隠し、そのしたからおどおどのぞきあげるような切ない視線が放射される。青少年の心をとろかすレーザービームだ。みな歌唱力はたいしたことはなかったが、目力《めぢから》と脚の形と胸のおおきさはたいしたものだった。

お菓子づくりが好きで、キティちゃんのファンで、ピンクの小物をどっさりもってる典型的なアイドルはもう絶滅してしまった。日本の成長期の終焉《しゅうえん》とともに、ああしたふわふわの女たちは消えてしまったのだ。アイドルとか若いやつの欲望というのは、おかしなものだ。なにもないときは夢と希望があり、すべてが手にはいると夢と希望は地に落ちて、なにも欲しくなくなる。欲望と生の意欲のデフレーションだ。おれたちの世界はいつだって逆立ちしている。

おれが小学生のころまでは、まだ日本中のガキのほとんどが、同じアイドルに熱狂していた。

それが今じゃ、どうだろうか。鉄道アイドルとか方言アイドルとか歴史アイドルとか、ニッチ狙いのすき間アイドルばかり。正統派はもうどこにも存在しないのだ。

今回のおれのネタは、池袋の地下アイドルとその女を狙うストーカーのお話。もっとも地下アイドルといっても、危ない禁止薬物をあぶってるなんてやつじゃないよ。地下は違法の地下ではなく、単純にアンダーグラウンド。地面よりしたにあるってオチ。池袋の小劇場やライブハウスは、ほとんど雑居ビルの地下一階にあるからな。そこでうたってる地域限定のマイナーアイドルを、地下アイドルと呼ぶのだそうだ。

もちろん、おれはアイドルになんか関心ないから、合計体重二百キロのコンビからその話をきいただけ。地域アイドルといい、恐ろしくちいさなファンの広がりといい、動く金のせこさといい、今回の話はものすごくスケールがちいさい。だけど、今この国ではちいさいほうが有効なのだ。

政権交代とか、地方分権とか、公務員制度改革とか、いまやおおきなストーリーはみんな根腐れしてしまった。そこには青雲の志も、坂本龍馬もはいる余地はない。おれは思うんだけど、今どき龍馬好きを公言するなんて、バカじゃないんだろうか。

もう日本の青春期は二十年まえに終わったのだ。アイドルや英雄にしがみつく時代じゃない。いかれた政治家以外、誰も自分を龍馬になぞらえるやつなんかいないだろう。なあ、あんただって、年収が二百万円なら、英雄になりたいとは思わないだろ。

大切なのは革命じゃなく、初任給から老後のための貯金を始めることなのだ。

初夏の日ざしが強烈に注ぐ午後だった。

東京では毎年梅雨いりまえの数日、真夏のような陽気がやってくる。気がつけば午前中から気温は三十度を超えて、池袋の駅まえロータリーが陽炎《かげろう》に揺れる真夏日だ。

そんな日のおれはというと、うちの果物屋の店先に水をまき、エアコンのしたであまり暑苦しくない音楽をきいているばかり。シベリウスやグリーグやベルワルド、北欧の作曲家はなぜか耳に涼しくていいよな。あのハーモニーの透明感と流麗さ。初夏の果物の甘ったるい匂いで、腹がもたれそうなときでも、胃薬みたいにすっきり効いてくれる。

そのときもおれは、ベルワルドの交響曲第三番をかけていた。「サンギュリエール」（独特な・風変わりな・非凡な）という副題がついたなかなかおもしろいシンフォニーだ。

女がうちの店にはいってきたのは、第二楽章が鳴っていた午後二時すぎだった。地味な女だった。ブラックジーンズにグレイのパーカ。太い黒ぶちのメガネをかけている。きっと伊達《だて》メガネだろう。

「真島誠さんですか」

ひどくいい声。アニメの女子高生みたいな甘い感じなんだが、もっとしっとりしている。耳のなかに冷たいシロップでも流しこまれたみたい。あっけにとられていると、カジュアルな喪服のようなカッコをした女がいった。

「あの、真島誠さんを探しているんですけど。ここのお店で間違いないでしょうか」

もうすこしこの声をきいていたくて、返事をするのをやめようかと思った。

「おれがマコトだけど」

「よかった。おかしな人だったら、どうしようかと思っていました」

女はなにか気になるようで、振りむいて西一番街の路上を確かめている。誰かに追われているのだろうか。

「わたしは空川杏美といいます」

「ウツカワイナミ?」

おれは変な顔をしたらしい。女はあわてていった。

「もちろん本名じゃありません、芸名です。わたしはアイドル業をやっているものですから」

あらためて、女の顔を観察した。声はバツグンだが、とくに美人というわけではなかった。目尻にはしわが目立ち、法令線もでている。おれより六、七歳はうえではないだろうか。三十代前半の無名アイドル?

イナミはショルダーバッグから、ごそごそとなにかとりだした。

「はい、わたしのCDです」

ジャケットにはメイド服を着たイナミが、両手でハートマークをつくっていた。どこかチープな感じがするのは自主制作盤だからだろう。

「あっ、そうだ」

なぜかイナミは銀のサインペンのキャップを抜いて、星とハートが飛び散るサインをしてくれた。CDをおれのほうにさしだす。

「……ああ、ありがと」

「いいえ、どういたしまして。お願いがあるんです。ストーカーがついているみたいなので、ボディガードをお願いできないでしょうか」

イナミはホイットニー・ヒューストンとは似てもにつかないけれど、あまりの退屈さに話だけきく気になった。二階で韓流ドラマを見ているおふくろに声をかけた。

「ちょっとでてくるから、店を頼む」

返事はきかずにイナミと店をでた。うえから雷が落ちてきたようだが、そのときはすでに安全圏。よい子のみんなは嵐がきたら、すぐに逃げなきゃいけないよ。


ウエストゲートパークのベンチは、ほとんどが埋まっていた。学生もサラリーマンも、なにをしているのかわからない昼間の酔っ払いも、天気がいいので外にでているのだ。円形広場をとりまくのは、副都心のビル群と冴えない昼のネオンサイン。

イナミはショルダーバッグからつば広の帽子と長手袋をだして身につけた。紫外線対策なのだろう。アイドルはたいへんだ。

「ところでさ、おれ、あんたのことしらないんだけど、歌とかアイドルでくっていけるの」

テレビでも雑誌のグラビアでも、イナミを見たことはなかった。地味な私服を着たアイドルがうっとりするような声でいった。

「生活していくのに、ぎりぎりかな。足りないときは日雇いのアルバイトをすることもあるけど」

そういうのは普通フリーターというのではないだろうか。

「ふーん、だけど本業はアイドルなんだ」

「そう、わたしは八〇年代のアイドルが好きだから、ああいう歌をずっとうたい続けていきたいの。今の時代にはあわなくなっているんだけどね。事務所にもはいってないし、自分たちで運営するコンサートでうたったり、CDを手売りしたり。なんとか暮らしてはいけるけど、来年どうしているかはわからないな」

自分がやっていることは、冷静に分析できるようだった。おれだって、頭のいかれた自称アイドルのボディガードは気がすすまない。そこでようやく本気で話をきく気になった。

「あんたのトラブルって、どんなの」

円形広場をわたってきた風は、エアコンの室外機から吹いてくるようだ。座って話をきいてるだけで、汗がにじんでくる。灰色パーカを一番うえまで締めたイナミがいった。

「こういう仕事だから、ファンの人のなかにときどきおかしな人がまぎれこんじゃうこともある。しつこくつきまとったり、わけのわからないプレゼントを送ってきたりね」

「どんな、プレゼント?」

イナミは肩をすくめる。眉をひそめると目のまわりのしわが一段深くなった。

「枕とか、すけすけの下着とか、どう見ても一度つかってるタオルやシーツとか」

「うわっ、確かにそれは気味悪いな」

うちの果物屋に羽根枕が送られてきたところを想像した。とても自分で使用する気にはならないだろう。イナミはにこりと笑う。商売用の笑顔はこうつくるのだという見本のような見事なスマイル。

「でも、そういうのは平気だし、割と普通なほうなの」

「じゃあ、今回のストーカーっていうのは、もっとひどいんだ」

明るい初夏の公園で、イナミが暗黒の顔をした。

「わたしはひとり暮らしなんだけど……うちの玄関のドアノブに、なんの生きもののかわからないけど、血がべったり塗られていたことがあった。ちょっと古いような、生理のときのみたいな黒い血だったよ」

おれならきっと恐怖で跳びあがっていることだろう。血で濡れたドアノブをつかむのだ。

「そっちのマンションはオートロックじゃないのか」

「そうだけど、別にああいうのはいつでもはいれるから。昔からおかしなファンは、よく玄関先まできていたもの。わたしがだしたゴミの袋をもっていく人もいたし。困った人はどこにいっても一定の割合でいて、わたしは手紙とか書類とか下着なんかは細かく切って、駅やコンビニのゴミ箱に捨ててるんだ」

おれは感心していった。

「アイドルってたいへんなんだな」

イナミはこくりとうなずくと、また本気の笑顔になった。おれはそのとき気づいたのだ。笑いというのは、自然に生まれるものではなく、自分の意思をつかってつくるものだと。

「たいへんなこともある。でも、好きな歌をうたって、応援してもらえて、ＣＤまで買ってもらって、それで生活できるんだから、やっぱりすごいことだよ。わたしはとくに美人でも、かわいくもないけど、歌は大好きだから」

悪くない話だった。だいたい最近おれたちが耳にする話は、暗いものばかり。日本はもうおしまいだとか、不景気だとか、給料が十年もさがり続けてるなんてね。自分がおかれている状況をマイナスごと受けとめて、さらにまえむきになれるのは見事な覚悟だった。

気がつけば、おれはいっていた。

「わかった。そのストーカー、おれがなんとかがんばってみるよ。でも、ほんとならちゃんと警察に届けたほうがいいんだけどな」

「それはどうなんだろう」

イナミは険しい表情になった。

「以前、やはりひどいストーカーがいて、それが誰かもわかっていたのに、警察ではなにもしてくれなかったよ。話だけきいておしまいで、調書もとってくれなかった。年末のいそがしい時期だったせいかもしれないけど、わたしはあんまり信用してないんだ」

そういうことか。警察のイメージは実際に自分がトラブルに巻きこまれたとき、対応にでてくる相手で百八十度変わるのだ。イナミは意欲のない警官と不幸な出会いをしたのだろう。

「わかった。じゃあ、おれが警察の代わりだな」

イナミは恐縮したように小声になった。

「ありがとう、マコトさん。ファンの人からきいたんだけど、池袋で起きるトラブルなら、お金はとらないんだよね」

うなずいた。たまに報酬が発生してしまうこともあるが、ほとんどの場合おれはただ働きだ。バカだとは思うが、この地下アイドルと同じで、おれはそういうことが好きなのだ。

「よかった。ギャラを払っていたら、今月の家賃が危なくなるところだったんだ。じゃあ、その代わりにこれ、あげる」

今度はパソコンでつくった簡素なイベントチケットだった。池袋ルミナス、北口にあるおれのしらないライブハウスだった。期日はその日で、開演は夜七時から。

「今夜わたしたちのコンサートを観にきてくれない？　お友達も紹介するし、ファンの人たちの様子も見られるでしょう。そのなかにストーカーがいるかもしれないしね。わたしは夕方からリハーサルがあるから、もういくね」

イナミはパイプベンチから立ちあがると、さっさといってしまった。姿勢はいいけれど、地味な背中。ああいう地下アイドルが生きているのだ。東京というのは、やはり不思議な街。

その日は店番をしながら、夜までイナミのＣＤとベルワルドを交互にきいた。なんだか右脳と左脳が分断してしまいそう。イナミの音楽は、八〇年代ポップスの甘ったるいメロディを、コンピュータでつくったやたら音圧の高いトランスのビートにのっけた造りだった。歌詞はこんな調子。「お兄ちゃんは、だいじょうぶ。そのままで、だいじょうぶ。きっとわたしが守ってあげる」。なぜか最近のガキはみな誰かに守ってもらいたがる。

六時半に家をでた。北口の先にあるライブハウスまでは、歩いて十分足らず。地下アイドルのコンサートにどんな格好をしていけばいいのかわからなかったので、おれはいつもの普段着。ファットなジーンズにバスケットシューズ。うえは今年流行のマリンテイストのボーダー柄のポロシャツだ。

北口ホテル街のちいさな交差点の角に、池袋ルミナスがあった。一階はゲームショップで、二階は怪しげなDVD屋（アダルトのポスターがたくさん！）、三階からうえは普通の事務所になったガラス張りのビルだ。階段をおりていくと、人でいっぱいだった。二十代から三十代の、冴えないまじめそうなおたくたち。

開けっ放しのドアを抜けて、受付のカウンターで、おれはイナミからもらったチケットをだした。半券をもどしてくれる。カウンターの横にはサインいりの生写真が売られていた。一枚三百五十円。イナミがミニスカートで片足を跳ねあげているポーズもあった。白いエナメルのブーツというのは確かに八〇年代風だ。

フロアはせいぜい二十畳ほどの広さで、その奥にはひざくらいの高さのステージが見えた。オールスタンディングのようで、椅子は片づけられていた。頭上にはスポットライトとおおきな液晶ディスプレイ。画面のなかでは前回のコンサートの風景だろうか、チャイナ服を着たやはりあまりかわいくない女がうたっていた。

おれは場違いな集会に参加した違和感を覚えながら、壁にもたれて開演を待った。集まっているのは五、六十人はいるだろうか。おたがい顔見しりのようで、挨拶《あいさつ》を交わしている。開演十分まえになると、男たちはいっせいに服を脱ぎだした。スーツの男は上着とネクタイとシャツを、カジュアルな格好の男もチェックのシャツやブルゾンを脱いでいく。みな白いTシャツ一枚になった。おれはあっけにとられて、目のまえの男の背中を読んだ。

（イナミ命！　お兄ちゃんのために歌え!!）

汗のにおいがライブハウスを満たす。おれは開演直前に敵前逃亡したくなった。


フロアが真っ暗になった。

ＭＣの女が叫んでいる。

「第二十三回北口アイドルナイト、始まるよー！　みんな、ちぎれろー！」

腹に響くシンセベースがうなって、顔に痛い音圧のバスドラムがビートを刻みだした。半袖Ｔシャツの男たちは、わっとステージに駆け寄っていく。そこでおれは驚くべきものを見た。男たちは足を大きく広げ、上半身を左右に振って、猛烈な速度で踊りだしたのだ。フロアは狭いから、ほとんど身体は密着している。振りつけを間違えただけで、打撲傷ができるか、ことによると骨折するくらいの勢いで踊りまくる。

ステージに元気よく飛びだしてきたのは、イナミだった。ピンクのメイド服にグレイの網タイツ。こちらも猛烈な勢いでステップを踏みながら、うたいだしたのはあの歌。

「お兄ちゃんは、だいじょうぶ。そのままで、だいじょうぶ」

男たちがあいの手をいれた。ほとんど絶叫に近い雄《お》叫《たけ》びだ。あとでしったのだが、こいつはＭＩＸというらしい。種類は無数にある。

「イナミがいるから、だいじょうぶ」

イナミは派手なウインクをして、さびを続けた。

「きっとわたしが守ってあげる」

「かわいい、イナミに、守られ、ロ・マ・ン・ス」

人さし指を伸ばして、両手を身体ごと天井に突きあげる。左左右右左右左左。おれは呆然《ぼうぜん》として、地下アイドルとそのマニアックなファンのライブを見つめていた。このダンスはおた芸というらしい。きっとおれには一生踊れないだろう。本気でやったら、すぐにどこかの筋を痛めそうだ。いやあ、真に驚くべきことは、いつも目のまえの街に転がってるよな。珍獣や野生の驚異に打たれたいなら、世界を旅する必要などない。

いつもの街を散歩して、地下へ一階おりるだけでいい。


イナミは二曲うたうと、ステージの袖《そで》に引っこんだ。つぎに猫耳をつけた若いアイドルが登場する。今度はやけに胸がおおきいけれど、顔も歌も今イチだった。おたくたちはまたも全速力のダンスとかけ声で、アイドルを応援している。まあ、この場にいるなら誰でもいいのかもしれない。応援や声援というよりも、自分勝手なダンシングハイで踊り続けているだけに見える。

コンサートは、そのまま二時間半続いた。いれ替わり舞台にあがった地下アイドルは十人はいたのではないだろうか。どの歌もよく似ていて、百五十分間ずっと同じ歌をきかされていたような気分。

ちなみにイナミはその十人の地下アイドルのなかでは、トップを競う人気だった。年はいっているし、ルックスはそこそこだが、あの声と歌唱力がある。コンサートが終了して、場内が明るくなった。おたくたちはTシャツから湯気をあげて、おたがいにハイタッチを繰り返している。楽屋にでも顔をだして、イナミに話をきこうかとおれは思っていた。

するとステージまえに折りたたみテーブルがだされ、アイドルたちが手に手に皿やタッパウエアをもってあらわれた。男たちはそれを見ると、さっと行列をつくった。イナミがアニメ声で叫んだ。

「はーい、お兄ちゃんたち、給食の時間ですよ」

先頭のおたくが紙皿を受けとり、フロアの隅で立ったままたべ始めた。ちらし寿司と野菜の煮物がのっている。ピンク色のそぼろがうまそうだった。おれも最後尾にならんで順番を待った。五分ほどでメイド服のイナミから皿をもらった。

「これ、みんなの手づくりなんだよ。いつも、コンサートのあとは食事会があるんだ。どう、マコトさん、おもしろかった?」

毎月顔をだす気にはなれなかったが、おれには十分おもしろい都市の風俗だった。

「ああ、めしつきのコンサートなんて初めてだ。これで、終わりなの」

イナミは汗を光らせ、上気した顔。ラメいりファンデーションでもつかっているのだろうか。実際に肌がきらきらと光っている。

「ううん、これから握手会とCDの即売会があるんだ。マコトさんは誰か気にいった子はいないの?　話をつけてあげるけど」

イナミは周囲を見わたして、ちいさな声でつけくわえた。

「ここのファンはだいたいおたくの人ばかりだから、マコトさんみたいに普通のほうがもてるんだよね」

池袋の地下アイドルとつきあう自分を想像した。守られたり、応援されるのも悪くないかもしれない。なにせ、おれは長時間の低賃金労働で毎日くたくた。

「いや、今日のアイドルのなかじゃ、あんたが一番だったよ。歌うまいんだな、感心した」

「そう」

イナミは目をそらして、もう一段頬を赤くした。こうしてみると案外かわいいのかもしれない。別なアイドルが声をかけてきた。

「イナミちゃーん、撮影希望のお客さまです」

「はーい」

イナミがステージに跳びあがった。白いTシャツの男が待っている。別なアイドルがインスタントカメラで、ふたりを撮った。サインして写真をわたすと、イナミは五百円玉を受けとった。フロアのあちこちで、握手と自主制作のCDが飛び交っている。

ここのアイドルとファンのコミュニティは、ちいさいけれど濃密なのだ。このうちの誰がストーカーでもおかしくはなかった。なにせこんなふうに、身近にふれあう機会がふんだんにあるのだ。いつ勘違いをしてもおかしくはない。アイドルたちは全力の笑顔で営業を続けている。

おれは地下アイドルのビジネスモデルを考えてみた。コンサートチケット、自主制作CD、撮影会。どれもちいさな売上だが、これを毎週のように続けていけば、立派に生計は立ちそうだった。ライブハウスは池袋だけでなく、秋葉原にも中野にもある。

現代はアマチュアが果てしなくプロ化する時代だ。

おれもアマチュアのまま、なにかのプロになろうかな。メジャーにならなくても、自分の好きなことをして生きる。その方法はすくなくとも、十年まえより多彩になったのは間違いない。


いよいよ客の送りだしが始まった。出口にアイドルがせいぞろいして、拍手でTシャツのうえに上着を着た男たちを見送っていく。おれもいっしょにでようとしたら、イナミに袖をつかまれた。

「ちょっと待って、マコトさん。いつもコンサートのあとが危ないの。主催者には話をしておいたから、ここに残って」

そういわれたので、おれはステージ脇の壁にもたれて、客だしが終わるのを待った。地下アイドルたちが抱きあって、きゃーきゃーと歓声をあげている。まだ若いすこし太めの女がイナミにいった。

「お疲れさまでした、イナミさん。歌と踊り勉強させてもらいました」

「お疲れさまでした、すずちゃん。もうちょっと衣装をぴったりしようよ。せっかく胸がおおきいんだから」

微笑ましい光景。おれが腕組みをして見ていると、ぽんっと肩をたたかれた。

「あんたが、マコトか。イナミのボディガードしてるんだってな」

声のほうに顔をむけると、針金のような黒いネクタイを締めたデブだった。年は四十くらい。

頭には黒い帽子をかぶり、真っ黒なサングラスをかけている。「ブルース・ブラザース」の亡くなったジョン・ベルーシみたい。あれはいい映画だったよな。

「そうだよ。今日頼まれたんだけど」

やつはサングラスをさげて、おれの顔をじっと見た。ブドウパンのなかの干しブドウみたいに乾いたちいさな目。

「まさか、あんたイナミとつきあってるわけじゃないよな」

おれはまえ歯を見せて、笑ってやった。

「つきあっちゃいないよ。今日会ったばかりなんだ。そっちがつきあえというなら、考えてもいいけど」

男は舌打ちしていった。

「ちゃらちゃらしてんじゃねえぞ。アイドルは大事な商売ものなんだから、手をだしちゃダメなんだよ」

おれはそこで初めて気づいた。なにげなく話をしているが、このブラザーは何者だ？

「あんた、誰」

男は胸ポケットから名刺を抜いた。おれに突きだす。受けとって、読んだ。アンダーグラウンド・プロモーション代表　水森《みずもり》ブランドン晃一《こういち》。あとは電話番号とホームページのアドレスだった。

「おれは地下アイドルのプロデューサーをやってる。今はこんなことしてるが、いつか天下を獲ってみせるからな。おまえも誰についていったらビッグになれるか、早いうちに決めたほうがいいぞ。うちじゃあ、マネージャー募集してるからな」

おれが地下アイドルのマネージャー？　なんだか想像もつかない話。スケジュール管理だとかクライアント対応とか、おれにはとてもできそうもない。

「無理っ！」

ブランドンはおれを見ていった。

「いいや、できるさ。すくなくとも、おまえは今夜のコンサートにきたおたくとは違うだろ。あいうマニアはとてもじゃないがビジネスにはつかえない。やっぱり普通のやつでないと女の子にはつけられないよ」

なんだか苦労しているようだった。CDの手売りを終えたイナミがもどってくる。やつはイナミの顔を見るといった。

「さっきの話よく考えておいてくれよ、イナミちゃん。今夜も最高にかわいかった。あの歌声にはしびれたよ」

声はおれと話すときより一オクターブあがり、なぜかジェスチャーも派手になっている。サングラス越しにちらりとおれに視線を投げて、むこうにいってしまった。そこにいる別な地下アイドルをまたホメ殺ししているようだ。

「あいつ、誰なの？」

おれは名刺を見せていった。イナミは片方の眉をあげてこたえる。

「今夜のコンサートの主催者。ステージにあがった女の子の半分は、水森さんのところで面倒を見てもらってるんだ」

「へえ、だったら業界ではけっこう力があるんだ」

メイド服のフリルで盛りあがった肩をすくめてみせた。

「ぜんぜん。地下アイドル業界なんて、ものすごく零細だから、力なんてないよ。もっともこういうのがブームになるか、誰かひとりでもスターが生まれたら、すぐに自社ビルくらい建てられるかもしれないけど」

「ふーん」

スイカをいくつ売ればうちの果物屋はビルに建て替えられるんだろうか。ひとりでいくらがんばっても無理だろう。それに比べたら、夢がある話。

「さっきの話って、なんなの」

「ああ、水森さんから事務所にはいらないかって誘われてるんだ。地下アイドルのユニットをつくりたい。そのなかに歌をちゃんとうたえるリーダーがほしいって。そうなったら、借金して本気でプロモーションするっていってた」

なるほど、そういうことか。どんな世界にも新しい動きはあるものだ。

「いい話じゃないか。ほんもののアイドルになれるかもしれない。それがあんたの夢なんだろ」

ふふん、鼻で笑ってイナミはいった。

「そうカンタンにはいかないよ。それにね、水森さん、ああ見えて本気でアイドルおたくで、昔自分のところの女の子に手をだして妊娠させたんだ。今だって、あの子たちにはふたりきりにならないようにいってるんだけどね」

おれはフロアのむこう側に目をやった。ミニスカートの若い女に水森が熱心に話しかけている。

妙に距離が近いのが気になった。

夜の街にでた。

イナミは露出の多いステージ衣装から、またカジュアルな喪服のような格好にもどっている。そんな服装だと、うたっているときのオーラは感じられなかった。ホテル街を抜けて西口までもどり、駅まえからバスにのった。イナミは板橋区の大山町に住んでいるという。アイドルが住むような土地柄ではない。川越街道でバスをおりて、路地を右に曲がった。大通りをそれると急に暗くなる。

「なんだか、ときどき空しくなるんだよね。わたし、ほんとうは三十二歳なんだ。学生時代の友達はもう子どもを産んでる子も多い。いい年をして、いつまでアイドルになる夢なんか追いかけてるんだろうなあって、自分でもちょっと不思議になるよ」

それなら、おれだって似たようなものかもしれない。いつまでおれはこうして、素人探偵のようなお遊びを続けていくのだろうか。店番がおれの生きがいになるとは思えなかった。おれはそれとなくあたりを警戒していた。むっとするような熱気がアスファルトには残っている。誰かが襲ってくるなら、こんな夜の予感がした。

「あんたが地下アイドルなら、おれは地下探偵かもしれないな。おれのほうが絶対にファンはすくないと思うけど」

イナミはちいさな声で笑った。角を曲がるとき確認すると、後方のちいさな交差点を、ガードマンがひとりわたっていた。太ったガードマン。

「わたし、これでも十五歳から二十歳まで、大手の芸能プロダクションにいたんだ」

あらためて、黒ぶちメガネのイナミに目をやった。そうすると、この女はほんもののアイドルの卵だったことになる。

「でも、どうしてもグラビアとか、接待とか嫌で、仕事の方針もあわなくて辞めてしまった。それから十年以上も、ひとりきりで昔にくらべたらゴミみたいな仕事をして生きてるんだよね。いいかげんあきらめることができたら、楽になるのになあ」

よくある話なのかもしれないが、イナミの非凡な声できくと、急に切なく感じられるからおもしろいものだ。

「なあ、夢をあきらめたら、ほんとに楽になれるのかな？　逆にどうしてあのときもうすこしがんばらなかったか、あとで後悔するんじゃないか。おれにはよくわからないけど、あんたはまだ全力をつかい切っていないから、夢のほうがあんたに期待して離れてくれないんだよ」

それはおれ自身への言葉でもあるようだった。おれはこの街でこれからもこうしてゴミのようなトラブルを解決しながら年をとっていくのだろう。その先になにも待っていないのはわかっているが、こうして生きていくしか、おれには選択肢がないのだ。

誰もがどうにもならない自分の運命をもって生まれてくる。それは二十一世紀の最初の十年が終わっても変わることのない真実だった。

イナミは二度三度とうなずくと、なんの変哲もないタイル張りのマンションのまえで立ちどまった。

「ここだから、もういいよ。今夜はありがとうね。急におかしなお願いをして、ごめんなさい。じゃあ」

イナミはファンにするようにおれに手をさしだした。握手すると、ちいさくて冷たいてのひらだった。その手をちいさく振って、池袋のナンバーワン地下アイドルはマンションのオートロックに消えた。


おれは見しらぬ街を川越街道にもどろうとした。

遠くの電柱のしたに、なぜかガードマンの姿が見えた。さっき目撃したのとは、別人のようだ。さっきのやつは太っていたが、今度のはとても太っている。ＬＬサイズとＸＬサイズくらいの違いがあった。やつのところまでは百メートル以上はあるだろうか。おれの足とやつの足を考えた。ダッシュすれば、つかまえて話くらいはきけるかもしれない。

そのとき、おれのジーンズで携帯電話が震えだした。液晶の小窓を確認する。昼に登録したばかりのイナミからの着信だった。フラップを開き、おれはいった。

「どうした?」

「マコトさん、きて。うちのドアが……」

ショックでうまく言葉がでてこないようだった。おれは路地の先のデブのガードマンに目をやった。やつは小走りで角を曲がっていってしまう。そちらのほうはあきらめるしかないだろう。おれは携帯に集中した。

「ケガはないか。なにかが壊されていたり、盗まれたりしてないか。それなら、すぐに警察呼ぶんだぞ」

警察なら指紋や足紋や防犯カメラを調べてくれるだろう。それは素人トラブルシューターには無理な話。

「それはだいじょぶ。とにかく、すぐにきて。したのオートロックのところで待ってる」

「わかった」

それだけ返して、久しぶりにおれは夜の街を走った。


真っ青な顔をしたイナミに連れていかれたのは、三階の３０２号室だった。

このマンションのドアは白塗りなのだが、イナミの部屋のドアには赤いマジックインキでなぐり書きがしてあった。インランアイドル！　ＳＥＸ依存症‼

イナミは怒りか恐怖に震えている。自分の身体を両手で抱いて、おれにいった。

「ドアを開けるのが怖くて、マコトさんにきてもらったの。ごめんね」

いいんだといった。おれはイナミから鍵を受けとり、静かにドアを開けた。明かりは消えていて、人の気配はなかった。廊下の奥が住居スペースになっているようだ。バスケットシューズを脱ぎ、室内にあがり、照明をつけた。ワンルームまでいって、あたりを確認した。イナミはおれの背中に張りつくようについてくる。

「なにか変わったことはないか」

イナミの部屋はすっきりとすべてモノトーンだった。壁には二十五年も昔のアイドルの写真が無数に張ってある。

「だいじょうぶみたい。部屋をでたときと、なにも変わってない」

「そうか、とりあえず被害はドアの落書きだけだな」

イナミはミニキッチンにいき、雑巾と洗剤をとりだした。玄関にむかう。おれもあとを追った。白いドアのまえに立って、はあっとため息をついた。

「明日の朝、みんなが出勤するまえに消さなくちゃ」

しゃがみこんで、洗剤をスプレーして、ドアをこすりだした。おれはなるべく感情が混じらないように声を抑えて質問した。

「あのさ、その落書きだけど、どうも女が書いたみたいな気がするんだ。イナミは誰かと今つきあっていないのかな。その男には別な女がいて、三角関係のトラブルになってるとか」

それが一番常識的?な判断だろう。イナミは振りむきもせずに、せっせと雑巾をつかっている。

「彼はもう二年いないよ。今は誰ともつきあってない。適当に遊んでもいない。マコトさんの予想ははずれだね」

そういうことか。あっさりしているのが、おれのいいところ。すぐに自分の意見を捨てて、思い立ってきいてみた。

「わかった。じゃあさ、太ったガードマンしらないか」

今度はぴくりと右肩が動いた。反応あり。

「うーん、しってるような、しらないような。ファンの人で太っていて、その手の仕事してる人がいるの。わたしたちのファンって、半分はフリーターだから」

なけなしの金で、コンサートにかよい、インディーズCDを買っているのだ。ファン心理もそれだけ熱烈かもしれない。

「ガードマンがどうかしたの」

今度はおれが言葉を濁す番だった。

「いいや、なんでもない。ちょっと見かけて気になったから」

十分後、ひどい落書きはほぼ見えなくなった。白いドアにはかすかにピンクの跡が残っているだけ。それにしても、誰が地下アイドルの部屋の扉に、タイガー・ウッズへの悪口みたいなひどい言葉を書くのだろうか。

ＳＥＸ依存症。

そいつはファンが自分の好きなアイドルにつかう言葉とは、とても思えなかった。


その夜は、家に帰ってばたりと倒れこんだ。

頭のなかでは、シンセサイザーのドラムがぶんぶんうなっている。おれはダンスビートは嫌いじゃないが、やっぱりいくらライブでも適正な音量というものがあるよな。ストーカーのことはなにも考えなかった。なにせ、まだ材料がすくなすぎる。

翌日、店を開けているとおふくろがまじめな顔で声をかけてきた。

「ああいう子がいいとわたしは思うんだけどね」

なんの話なのか、まるでわからない。

「はあっ、なにいってんだよ」

「だからさ、昨日二階から見てたんだよ。マコトが年上の子と歩いてくところ。姉さん女房っていうのも悪くないもんだよ」

なぜ肉親というのは、こうも人をいらつかせるものだろうか。声がとがっていくのが、自分でもわかった。

「あの女はああ見えてアイドルなんだ。パンツが見えるようなミニスカでうたって踊ってんの。おれとは関係ないんだよ」

おふくろは残念そうな顔をした。手には朝刊をもっている。

「前回の国勢調査の結果だと、近い将来今の二十代の男の三分の一は生涯独身だっていうよ。おまえもそろそろちゃんと身を固めなくちゃ。だいたいいつまで人さまのもめごとに頭を突っこんでるつもりなんだい」

さすがにうちのおふくろで、おれの痛いところを鋭く指摘してくる。

「その記事なら、おれも読んだ。だけど、こんな安月給で、結婚なんかできるか」

いちおうおれの雇用主は、うちのおふくろ。労使問題に家庭問題がからむから、この交渉はいつもすごくもつれる。

「はいはい、じゃあ婚約でもしたら、給料あげてやるよ」

「逆だろ。給料があがったら、女くらいいくらでも探してくるよ」

女がいないのは金がないせいか。金がないから女ができないのか。これは少子化ニッポンの永遠の難問なのだった。


傷のついた青リンゴと乾いてしぼんだオレンジをまとめてゴミ袋に捨てていると、おれの携帯が鳴った。着信は昨夜に続いて、イナミだ。美を否定するなんて、暗黒アニメかライトノベルみたいな芸名。おれはそういうわざとらしいゴシック趣味は好きじゃない。

「なんだよ」

「どうしたの、マコトさん。朝からなにかあった？」

おれは店の奥にいるおふくろに目をやった。

「社長ともめた。それより、なんの用だ」

「用っていうほどのことじゃないけど、今日と明日はわたし部屋から一歩もでないから、別にボディガードの必要はないっていっておきたくて」

二日間家をでない？　引きこもりの練習だろうか。

「コンビニにもいかないのか」

「うん。二日後につぎのCDのジャケット撮影があるんだよね。それでちょっとダイエットしなくちゃいけないから。家にこもってファッスティングして、身体を引き締めるんだ」

ファッスティングは断食。

「やっぱりイナミはほんもののアイドルなんだな。おれには二日もなにもくわないなんて、想像もできないや。今朝はなにかトラブルはなかったか」

「うん、だいじょうぶ」

通話が切れるのかと思って、おれは携帯を耳にあてていた。すると微妙な間《ま》をおいて、イナミがいった。

「あのガードマンの格好をした人のことなんだけど、その人太っていたんだよね」

遠めにもデブだったのは確か。頭はともかく、おれは目はいい。

「ああ、それもふたりだ。太ってるやつと、すごく太ってるやつ。やつらが仲間なのかどうかはわからない。でも、昨日の夜イナミのマンションの近くにいたのは間違いない」

電話のむこうで急に声が沈みこんだ。声優のようにイナミの声は表情が豊かだ。

「……そうだったんだ」

「しりあいなのか」

「うん、まあ。ちょっとわたしのほうでも考えてみる。それじゃあね」

急に通話は切れてしまった。それで、おれのほうは丸二日なにもすることがなくなってしまった。また退屈な日の復活。しかたがないから、おれは今回の事件で手にいれたただ一枚の名刺に電話をかけてみることにした。

ランチにでた帰り、おれはウエストゲートパークから、地下アイドルのプロデューサーに電話した。
「はい、アンダーグラウンド・プロモーションです」

　意外としっかりした水森の声が返ってくる。

「水森さんっていったほうがいいのかな、それともブランドンさん？」

　てのひら返しで、声が荒っぽくなった。

「誰だ、おまえ」

　カチンときたが、ここは下手にでたほうがいい。

「ルミナスのライブで話をしたマコトです。水森さんのところでマネージャーを募集してるっていってましたよね。うちの店があまりに給料安いんで、ちょっと話をきかせてもらおうかと思いまして。今日なんか、時間ありませんかね」

　就労の意欲はないが、おれの話には嘘はまったくふくまれていない。水森はしばらく考えてからいった。

「わかった、じゃあ四時に池袋西口のマルイのまえまできてくれ」

「了解です、社長」

　そのひと言で、水森は上機嫌になった。

「マコト、おまえ挨拶がちゃんとできるんだな。うちにぴったりかもしれない。じゃあ、あとでな、マネージャー」

　おれも上機嫌で電話を切った。もうすこしイナミの周辺の情報が必要だ。あのガードマンの件で、イナミがなにかを隠しているのは確かだった。

午後四時、おれはめずらしく襟《えり》のついた白シャツを着て、西口五差路の角に立った。靴も新しい白のテニスシューズだ。きっと上品なマネージャー志望に見えることだろう。時間ぴたりにおれの目のまえに止まったのは、びっくりするほど汚れたワンボックスカーだった。ボディはあちこち傷がついてボロボロ。中古車屋なら車検なしで無料で売っていそうな廃車一歩手まえのハイエースだ。

　窓がさがって、サングラスの水森が顔をのぞかせた。

「助手席にのってくれ」

「了解です」

おれは助手席にまわった。ドアを開けると後部座席には、イナミがすずと呼んでいた地下アイドルが足を組んでいた。ホットパンツにつま先が開いたパンプス。ペディキュアは真っ赤だ。おれは芸能関係者をまねて軽い挨拶をした。

「おはようございます。すずちゃんさんでしたよね」

　太めのアイドルはおれには関心なさげに、そっぽをむいた。水森はアクセルを踏みながらいった。

「これから、すずをレッスンに連れていくところなんだ。ボイスとダンス。話ならクルマのなかでもできるからな」

　見栄っ張りの芸能関係者がこんなクルマにのっているのだ。水森はほんとうに金に困っているのではないか。もっともこいつが傷だらけのワンボックスカーが好きなマニアという可能性もある。あらゆるものにマニアがいる時代だ。クルマは山手通りにでて、新宿方面にむかっていく。

「あの、水森さんはこれからどんな事業展開を考えているんですか」

ぱっとやつの顔色が明るくなった。水森はぺらぺらとしゃべりだす。

「確かにな、地下アイドルはひとりひとりじゃ、勝負にならない。大手に所属するアイドルはみんな美人でスタイルもいい。それでもなかなか売れないんだ。今はアイドル冬の時代だからな」

おれは汗臭いシートで丁重に代表の話をきく振りをしていた。

「だけどな、ひとりの女の子がもってる執念とか、エネルギーっていうのはすごいものなんだ。みんな自分の一生をかけて、アイドルになりたいというんだからな。アキバやブクロの地下アイドルだって、ひとりじゃむずかしくとも、ユニットを組んで売りこめば、勝算はおおいにある。全員が売れる必要はないんだ。ひとりでもビッグになれば元はとれる」

電話一本とデスクひとつで開業できるミカン箱商売だといわれる所以《ゆえん》だった。すずがいった。

「そのビッグになるオンリーワンがわたしなんでしょう、水森さん」

混雑した山手通りを運転しながら、水森は振り返った。危なくて見ていられない。

「そうだよ、すず。おまえがうちの事務所のスター候補第一号だ」

それだけで安心したようだった。すずはイヤフォンをつけて、ｉＰｏｄで音楽をきき始めた。ここでもシンセベースのうなりとシンバルのシャカシャカがきこえる。

「イナミさんからきいたんですけど、水森さんはそのユニットに彼女を誘ってるんですよね」

「ああ、リーダーとしてな。三十すぎまで、たったひとりでがんばってきたアイドル志願者。おばちゃんキャラでいじることもできるし、ルックスはともかく、あれだけの声がある。イナミはぜひほしいメンバーだ」

おれはそこで、エサを投げてみた。

「そういえば、イナミさんが不安がっていましたよ。最近またたちの悪いストーカーがついたんだって」

おれは全神経を集中させて水森の横顔を見ていた。表情が一瞬完全にとまり、それから元にもどった。こいつもストーカーについて、なにかをしっているようだ。おれの勘はたび重なるトラブルで極限まで磨かれている。まあ、ときにはおおはずれで赤恥をかくこともあるけれど。

「イナミは困っているようだったか」

「ええ、おれにボディガードを頼んでくるくらいだから」

おれは一段声をさげた。内緒話ほど人が真剣にきくことはない。

「昨日の夜もひどかったんですよ。イナミの部屋のドアに真っ赤なマジックで落書きがしてあったんです」

おれはまた神経を集中させた。ここまではたいして驚いてはいないようだ。また新しいエサを放る。

「なんて書いてあったと思いますか」

水森は興味津々できいてきた。

「いいから、早く教えろ」

ききたくてたまらない顔だ。この男は落書きの事実はしっているが、その内容についてはしらないようだった。おれはいってやった。

「インランアイドル！　ＳＥＸ依存症‼　ですって」

「そうか、そいつはすげえな」

プロダクションの代表は、両手でハンドルをたたいた。バナナの山を見つけた過食症のチンパンジーみたい。おれは死んでもこんなやつの部下にはなりたくない。


ハイエースは原宿でとまった。すずはおれを無視して、レッスンにいってしまう。どうやら金もコネもないマネージャー志望など、声をかけるだけの値打ちもないようだった。帰り道、水森はおれにいった。

「まだすずにも秘密だが、マコトにはいっておこう。再来月にレコード会社とテレビ局の合同オーディションがあってな。うちの事務所も一枚かむことができたんだ。そいつはおおきなオーディションで声がかかるだけでもたいへんなんだぞ。うちとしては、ぜひそこに苦節十二年のイナミをリーダーにした地下アイドルユニットを出場させたい」

四十男がかける一発逆転の夢だった。こいつがひどく真剣なのもわけがある。

「だから、マコトもわかるだろう」

おれはバカの振りをした。慣れているから、うまいもの。別に本性というわけじゃない。

「えっ、なんですか」

「イナミにおれのところにいったほうがいいといってやれ。もし、どうしてもいうことをきかなければ、身体で落としてもいい。アイドルだって女だ。深い仲になって、おまえが本気でこっちの事務所がいいってすすめてくれれば、心が動くさ」

古臭い話。どうやらこの男がイナミへの嫌がらせに一枚かんでいるのは確かだが、おれにはガードマンとのつながりがよくわからなかった。あいつらが水森の手下なのだろうか。

「しかしなあ、女ってのは怖いな」

話のつながりは自然である。簡単に事務所を移ってしまうアイドルがいたら、代表としては恐ろしいことだろう。おれはやつが本心から吐いた言葉を、見事にきき逃してしまった。


撮影日はちょうど正午に、イナミのマンションに迎えにいった。

おれが着ているフィールドジャケットの内ポケットには、長さ二十センチほどの鉄のパイプがはいっていた。部屋の押いれから探しだした特殊警棒だ。三段で伸ばすと全長は六十センチになり、先端には鋼球がついている。おれは武闘派ではないが、あのガードマンにふたりがかりで襲われたらかなわない。力はほぼ体重に比例する。得物《えもの》をもっていても損にはならないだろう。

イナミは二日間で確かに頬が削《そ》げ落ちていた。肌はすこし乾燥しているようだが、きつい断食のせいだからしかたない。落ちくぼんだ目は逆に光を増している。ハイになった声でいう。

「いきましょう。撮影が終わったら、ボンゴレのパスタとバナナチョコ・クレープたべるからつきあってね」

はいはいとうなずいた。川越街道でバスにのって、おれたちは池袋にもどった。なぜか今回はよく公共交通機関をつかうトラブルだ。いつも地元にいるおれにしたら、めずらしい話。池袋で山手線にのり換えるとき、イナミにいった。

「水森がひどくそっちのことをほしがっていた。三十路《みそじ》のいじられキャラで、歌のうまいリーダーが、なんとしてもほしいらしい。なんでもレコード会社とテレビ局がかんだでかいオーディションがあるんだってさ」

イナミは山手線のホームで立ち止まった。おれは余計なことをいった。

「あのさ、一発大逆転を狙ってるんだよな、歌の世界で。おれはあんたの歌はたいしたものだと思う。水森はせこくて、つまらない男だけど、今回はいいチャンスなんじゃないか。おれは悪い話じゃないと思う」

イナミは目ばかりきらきら輝かせ、おれに笑いかけた。

「ボディガードを頼んだんだけど、ほんとにわたしのマネージャーみたいになってきたね、マコトさん。わたしの売りかたまで考えてくれたんだ。ありがと」

それから代々木にあるスタジオにつくまで、イナミは口数がすくなくなった。きっと頭のなかで、水森のユニットとオーディションのことを考えていたのだろう。おれはといえば、あのガードマンの制服が見えないか、空席の目立つ車両のなかで注意していた。当然ながら、デブのガードマンの姿はなかった。まあ、あれだけ目撃されたら、むこうも別な格好にするのだろうが。


スタジオは代々木駅から歩いて十分ほどにある雑居ビルのペントハウスだった。

ちいさなエレベーターにのりこむと、目のまえでゆっくりとドアが閉まっていく。そのとき太い腕がいきなり突っこまれた。おれは全身の毛が逆立った。こんな狭い場所で男ふたりと乱闘をするのは勘弁してほしい。クライアントのイナミもいる。だが、おれの右手は勝手に動いて、内ポケットの特殊警棒を抜いていた。手首のひと振りで、金属の棒が耳ざわりな音とともに伸びた。

太った腕に続いて、スカイブルーのつなぎを着た男がふたり、エレベーターのなかに突進してきた。先頭のＬＬサイズが警棒を振りあげたおれにいった。

「待ってくれ、おれたちはイナミさんを傷つけるつもりはないんだ」

エレベーターの扉が閉まって、静かに上昇が始まった。おれは銀の警棒をかまえたままいった。

「じゃあ、なぜあの夜、イナミのマンションの近くをうろついていた」

デブのうしろに隠れていたもうひとりのＸＬサイズがいった。こちらは低く響くいい声をしている。

「最初はおれたち、追っかけをしていただけなんだ。イナミさんの家を張ったり、ゴミをあさったり。だけど、今じゃ逆なんだよ」

四階、六階、八階、Ｒ。屋上のペントハウスでエレベーターが開くと、イナミはいった。

「マコトさん、そのふたりは嘘はついてないと思う。マナブさんとアキオさんはあそこまでひどいことを書いたりしない。ちょっとこっちにきて」

イナミに連れられてビルの外側についている非常階段に移動した。ふたりの太めのガードマンの名は坂下学《さかしたまなぶ》と池田彰夫《いけだあきお》。職業は実際にガードマンなのだという。身長体重はマナブが百七十センチ九十キロ、アキオが百七十五センチ百五キロというところか。小デブのほうのマナブがいった。

「あの制服って便利なんだよ。あれ着てると、みんなぜんぜん顔なんか見ないんだ」

したの通りから自動車のクラクションがきこえた。今日も都心の道路は元気よく渋滞している。おれはいった。

「さっき、追っかけの逆になったといってたけど、あれはどういう意味なんだ」

アキオとマナブ、同じ青いつなぎを着ているから、どうもわかりにくい。でかいほうがいった。

「ずっとイナミさんの追っかけをしているうちに、誰かがひどいいやがらせをしているって気がついたんだ。このまえはドアに落書きがあっただろ。そのまえはライブのまえに衣装が切り刻まれていた。あのときは衣装チェンジしないで、後半のステージでてたよね」

「そんなことがあったのか」

おれはその話をイナミからきいていなかった。

「忘れてた。それにあれはストーカーの仕業じゃないと思ってたし」

今回は最初から情報が足りないまま動いていたのだ。イナミにいった。

「地下アイドルだって、アイドルだろ。普通出番まえの衣装にファンがさわれるものなのか」

イナミは首を横に振った。

「楽屋のロッカーのなかだから、まず男性ファンはなかにはいれない」

「そうか。ストーカーじゃなく、その手の嫌がらせをされることもあるんだな。女から」

ふっとため息をついて、イナミがいった。

「そうだね、やっぱり女同士のいじわるはひどいときがある。表面的には仲がよくても、みんなライバルだし、嫉妬が激しいから」

おれは思うのだけど、心のなかのどろどろした影の力は、男の場合瞬間的な暴力であらわれ、女の場合継続的ないじわるという形で放射される。どちらがより残酷で悪質かは、簡単には決められない話。

「じゃあ、あれほど仲よしに見えた地下アイドルのなかに、嫌がらせの犯人がいたんだな」

各自分担して手づくりの料理をもちよっていたライブハウスの夜を思いだした。あの甘いそぼろがたっぷりのったちらし寿司。思い出は美しいが、事実の裏にはいろいろとからくりがある。たくさんの人間が自分の夢を実現しようとしのぎを削っている場所なのだ。おれは地下アイドルのナンバーワンにきいた。

「今日の撮影はだいじょうぶなのか」

イナミは眉をひそめた。

「わからない。カメラマンのギャラとスタジオ代を節約するために、一日で六人分のＣＤジャケットを撮影するから。相手が誰かはわからないけど、今日もなにかされるかもしれない」

おれは自分の胸をたたいていった。

「わかった。おれがなんとかするから、みんなにはおれが正式なマネージャーになったといってもらえないか。スタジオのなかにはいりたいんだ」

「いいよ。それくらいなら、お安いご用」

そのとき黙っていた小デブのほうがいった。

「あのさ、おたくはイナミさんとつきあってるの」

おたくにおたくといわれるほど腹が立つことはなかった。おれは特殊警棒を勢いよくたたんだ。小デブが驚いて、ちいさくジャンプする。スチールの非常階段が揺れた。

「おれは誰ともつきあってないよ。あんただって、この事態を見てればわかるだろ」

おれたちは簡単な打ちあわせをしてから、うえのスタジオにあがった。さて、けりをつける時間だ。イッツ・ショータイム！


ペントハウスの天井はガラス張りで温室みたい。自然光のさしこむいいスタジオだった。エアコンは最強にしてあるようだが、暑いのだけは玉にキズ。おれはイナミが着替えるのを、楽屋のまえで待った。閉じたドアのまえに立って、ほんもののマネージャーみたいにね。

パールホワイトのサテンのミニドレスに着替えたイナミといっしょに、真っ白いホリゾントがまぶしいスタジオにはいった。イナミのまえの撮影は、あのすずだった。ポーズと表情がうまく決まらずに、水森がいらついて叫んでいた。

「すず、どうした？　ちゃんと気もちを届けるんだろ。百パーセントの笑顔を見せてみろ」

すずは懸命に笑っていた。歯はすべて見せているが目が笑っていない。

「ああ、いいよ、すずちゃん、その調子」

カメラマンがなんとかすずの表情をやわらげようと、声をかけている。そのすずの目がイナミにむけられた。一瞬だけぎらりと憎しみが底光りする。この女にはイナミを憎むどんな理由があるのだろうか。イナミの撮影がスタートする予定の午後二時になっても、すずの撮影は終わらなかった。水森がやってきて、イナミに両手をあわせる。

「すまん、あとで埋めあわせするから、もう十五分くれ」

イナミは冷静にこたえた。

「別にいいですよ」

「なによ、こんな衣装」

すずの叫び声がきこえて、布が裂ける音がした。森の妖精のつもりだろうか。裾が海草のようにランダムにカットされた緑のスカートを引き裂いて、すずが怒り狂っていた。

「どうして、水森さんはその人ばっかり特別あつかいするの。わたし、もう今日は撮影しない」

裸足のままスタジオからでていってしまう。雰囲気は最悪だった。カメラマンもアシスタントもなにくわぬ顔をしているが、腹のなかではあきれているのが部外者のおれにはよくわかった。

水森が舌打ちしていった。

「ったく、なんだよ。あの女、頭いかれてんじゃないのか。あとで、ちゃんとあやまらせるから、イナミは悪く思わないでくれ。うちのユニットの大切な戦力だからな」

イナミは相手にしなかった。

「別にいいですよ。いちいち怒っていたら、わたしの撮影がうまくいかなくなりますから。こちらは冷静です」

カメラマンがいった。

「じゃあ、つぎ気分を変えて、イナミちゃん、いってみようか」

スタジオ内の音楽がイナミの歌に変わった。カメラのまえに立つとイナミの表情は一変した。シャッターもイナミの動きも、一瞬として止まることはなかった。流れるように撮影がすすんでいく。イナミは自然光があふれるスタジオで、水のなかの魚のように自由だった。これだけの表情の引きだしがあって、あの歌声がある。それでも売れないというのは、アイドルというのはでたらめに厳しい世界なのだろう。

おれはそのときミスを犯した。うっかり撮影に見とれていて、スタジオのほかの動きを見損なったのだ。カメラのまえをいきなり緑の影が走った。すずだ。手になにかもっている。ガラスの実験器具？　フラスコのようだった。

「あんたみたいなおばさんが、色目をつかって、うちの事務所にくるなんてずうずうしいんだよ」

とろりと粘る液体からは、強い酸の臭いが立ちあがっていた。硫酸、硝酸《しょうさん》、塩酸、人の肌を焼く劇薬の名前が頭のなかでフラッシュする。

「やめろー！」

水森とおれが叫んだのは、ほぼ同時だった。


おれはなにもできずに立ちつくしていた。

そのとき青い影が目のまえを横切った。マナブとアキオだった。マナブのほうがすずに飛びつき、アキオが全身を投げだして宙に飛んだ液体を青いつなぎで受けた。

「あちちっ……」

アキオが転げまわっている。おれはやつが火のついた服でも脱ぐようにつなぎから脱出するのを手伝ってやった。すずの手にも酸がついたようだ。マナブがスタジオの隅にあるシンクまでですずを連れていき、手を洗っている。すずは放心状態で、されるがままになっていた。おれはイナミにいった。

「だいじょぶだったか」

ミニドレスの地下アイドルが真っ青な顔でいった。

「うん、なんとか。マナブさん、アキオさん、ありがとう。ほんとうに助かりました」

イナミはトランクスとTシャツ一枚のアキオに抱きついた。真っ赤な顔でアキオはおれのほうを見ていた。すずを放りだして駆けてきたマナブがいった。

「ずるいな、おまえだけ。おれだって、身体を張ったのに」

「マナブさん、ありがとね」

三十二歳の地下アイドルが、今度はマナブに抱きついた。マナブは携帯をとりだして、おれにいった。

「お願いだから、今写真撮ってくれ」

驚いて固まっていたカメラマンがすかさずシャッターを押した。

「じゃあ、おれもはいってもいいだろ」

合計体重二百キロのコンビのあいだに、二日間絶食した地下アイドルがはさまれる。確かに線の細さを強調するなら、こいつらふたりは最高の小道具だ。


泣いているすずの肩を、水森が抱いていた。

スタジオの中央にもどってくると、水森はすずに無理やり頭をさげさせた。

「ちゃんとあやまっておけ。こんなことが警察沙汰《ざた》になったら、おまえのアイドルとしての将来なんて終わりなんだぞ」

誰もが事態をうまくのみこめていないようだった。おれはいった。

「水森さん、ちょっと劇薬すぎましたね」

地下アイドル事務所の代表が、なにかを恐れるようにいった。

「いったいなんの話だ」

「だから、あんたがすずに教唆《きょうさ》したんだろ。ストーカーの振りをして、イナミを脅す。不安になったイナミに事務所にはいれば安全だといって、ユニットに参加させる。だけど、そういう仕事に色恋をいれたらダメだ」

すずの化粧が涙で崩れて、顔はぼろぼろになっていた。

「ほら、見てみろ。この女はあんたのことが好きなんだ。嫉妬であんたが期待した以上の嫌がらせをしでかした。今日のは立派な傷害未遂だ。これから警察を呼ぶか」

おれは携帯電話を抜いた。すずも水森も顔色はホリゾントに溶けこむくらい蒼白だった。イナミがいった。

「これから、わたしに手をださないと約束するなら、もういいよ。ここにいる人全員が、証人になってくれるから」

おれは周囲にいる人間を見わたした。スタジオのアシスタントをふくめて十人近くが固唾《かたず》をのんで、事件の成りゆきに注目している。おれは水森にいった。

「いいだろう。約束できるか」

やつがうなずくと、すずにいった。

「あんたも約束できるか。いっておくが、その男はあんたが一生を棒に振ってもいいだけの値打ちのあるやつじゃない」

緑の妖精は黙ってうなずいてみせた。


イナミの撮影はその後、無事終了した。

スタジオからの帰り道、おれはマナブとアキオに質問した。

「なんで、スタジオのなかにはいってきたんだ。打ちあわせでは非常階段とエレベーターを張っているはずだっただろ」

おれの予定ではスタジオのなかをおれが警戒し、犯人が逃げるところをふたりにガードしてもらうつもりだった。小デブのマナブがいった。

「それはそうだけど、イナミちゃんが撮影してるのに非常階段にいるなんてつまらないだろ。だから、ちょっとのぞきにいったんだ」

でかいデブのアキオもいった。

「最終的におれたちがイナミちゃんを守ったんだから、もういいじゃないか」

確かに結果よければすべてよしである。それにおれはファンというものを再評価していた。本気でなければ、あれほどの献身を示せるはずがない。人間が別な誰かをあこがれる力というのは、決してバカにならないものだ。

　おれたちのうしろを、なにか考えながらついてくるイナミがいった。

「ファンの人がわたしのために命を張れるなら、わたしがファンのためにできることがもっともっとあるはずだよね」

　マナブとアキオの声がそろった。

「もちろん！」


　あの太ったふたりのガードマンとはそれきりだが、イナミとはウエストゲートパークでもう一度会った。あのとき撮影した写真がカバーになったＣＤができたという。

　関東が梅雨にはいって、肌寒い風が吹く曇り空のした、おれたちはまた同じパイプベンチに座った。おれはいった。

「なんだかちょっと残念な結果だったな。おれは水森のユニットがうまくいって、イナミがばんばん売れちゃえばおもしろいのにって期待してたんだ」

　イナミは平然と笑った。劇薬にも負けそうにない強い笑顔だ。

「ううん、やっぱりあの話は断ろうと思っていたから。メジャーになるのも素敵かもしれないけど、わたしは池袋の地下アイドルでいいんだよ。ずっと自分でつくった好きな歌をうたっていけるんだし、この街のファンの人はマナブさんやアキオさんみたいに素晴らしいしね。この街のためにわたしにもできることがある。それがなんだかうれしいんだ」

湿った重い風が東武デパートのビルから吹きおろしてきた。そろそろ今年の梅雨の最初の雨粒が落ちてくることだろう。イナミの言葉はそのまま、おれが今回の事件で感じたことだった。こうして人さまのトラブルに余計な頭を突っこみ、解決できたり、できなかったりする。そんなふうにして、年をとっていくのもいいものだ。この街には、あまりにくだらなすぎて、おれにしかあつかえないようなマイナートラブルが無数に転がっている。

「じゃあ、わたしは今日もライブがあるから。ひまだったら、見にきてね」

「わかった。おたくたちをしびれさせてやれよ」

おれたちは手を振って、円形広場で別れた。ぬるい雨がふるまえに、うちに帰らなければならない。西一番街の果物屋で、おれにはおれだけのアイドル業が今日も待っている。

PRIDE―プライド

プライドって、なんだろう？

おれたち日本人は、ほんもののプライドをもっているのだろうか。まあ、こんな言葉自体が輸入ものの英単語だから、よくわからないのも無理はない。ほかにもわからない言葉ってたくさんあるよな。ＬＯＶＥとか、ＰＥＡＣＥとか、ＷＯＲＫとか。

おれがこの夏発見したのは、ほんもののプライドが、どこから生まれてくるかというどえらい人間の神秘。そいつはもちろん、ワールドカップで一勝したとたんに燃えあがるような即席の安いプライドじゃない。瞬間的にアドレナリンを放出するんじゃなく、おだやかに力強く成長するものなんだ。

最悪の経験に傷ついて、自分を呪《のろ》い、なにもできなくなった人間が、自分の一番深いところから育てる力。それこそがほんもののプライドだって、プライドなどかけらもないおれにもよくわかった。もともと弱いやつがよりどころにする最後の盾《たて》がＰＲＩＤＥなのだ。この盾を甘くみないほうがいい。どんな力にもすり潰されないダイヤモンドのような光。それを心の底にもってるやつが、最後に勝つことになる。人生は結局、金や知識や腕力じゃ決まらないって、実に単純な話。

財政赤字が九百兆円に積みあがり、バブル以降二十年も不景気が続き、おれたち日本人はみんな不安になっている。自信もプライドも明日への希望も見失い、仲間への信頼も揺らぎつつある。明日はギリシャか、アルゼンチンか。果てはハイパーインフレで粉々にされたジンバブエか（あの国では一兆ジンバブエドルを一ドルにしたという。そんな奥の手がつかえるなら、日本の借金もただの九百円にできるんだが）。けれど、その過程で起きるのは、株・債券・通貨のトリプル安だけでなく、人と人を結ぶ力の崩壊なのだ。しかたない、おれたちは力をあわせて淡々と借金を返していくしかない。

だが、おれはあれこれといわれているこの国も決して悪くないと思ってる。それくらいのことは、池袋のような東京の二線級の街の、アスファルトにへばりついた染みのようなおれにだって、ちゃんとわかる。

というより、日々この街で出会うえらくも、賢くもないやつらに、そいつを教えられるのだ。胸に血の文字で刻むようにな。目のまえにある仕事にガッツをだしてとりくめ。心が折れそうになったら、とりあえずちょっと休め。だが、決してあきらめるな。

最低の人間にも幸運は必ずやってくる。プライドを胸に、どんなに攻められても耐え抜け。チャンスはくる。そのときは思い切りシュートを決めてやれ。

ははは、最後はやっぱりワールドカップにもどってきた。サッカーも人生も変わらないってことか。

そのすべてを教えてくれたのは、ちぎれた十字のネックレスをさげたベッピンだった。池袋の氷の王・タカシと東京一のトラブルシューターであるこのおれが夢中になるくらいのな。出会いがすくないと、若いやつはみんな嘆いているが、毎日をちゃんと生きていれば別に心配することなどない。

なあ、案外ニッポンの夏も悪くないだろ。

今年の夏は、なぜか東京だけ雨がふらなかった。日本全国、とくに九州や関西なんかじゃすごい豪雨続きだったのに、なぜか空梅雨に続いて、東京にはからからに乾いた夏がやってきた。乾いているといえば、こっちの頭のほうも完全に干あがってしまった。

おれが連載コラムをもっているファッション誌は、当然ながら月刊だ。金融危機からこっちずいぶん広告が減って、ぺらぺらに薄くなってしまったが、それでも踏ん張って毎月しっかりと刊行している。

問題はもちろん、おれのほうにある。なぜか季節のたびごとに、完全にアイディアもセンスも枯れ果てる文筆家生命の危機が襲来する。おおげさでなく、ほんとに死ぬかと思うのだ。笑いごとじゃない。三回の締切のうち一回は地獄になるっていう悲しい話。名コラムニストも形なしだ。

だいたいおれの場合、自分の頭など最初から空っぽなのだ。毎日暮らしてるこの街、池袋のストリートのいいネタがなければ、いくら考えてもいい原稿など書けるはずもないのである。そこで三カ月に一度、どうにもしようがなくなって、自分でセコい事件でも起こそうかなと悩むことになる。

店先の台にスイカを盛りつけながら、おれの頭にはつぎの締切への恐怖があった。手でつかめるくらいの、スイカなんかよりずっしりと重い恐怖だ。そのとき店の奥においてる小型テレビ（液晶じゃなく、いまだにブラウン管式）から、東京ローカルのニュースが流れた。

どこかの局の女子アナの声がきこえる。おれはせっせと八街《やちまた》スイカのダンボールを開けて、店先に黒と深緑の果物を積みあげていた。この色の組みあわせ、おれはけっこう好きだ。

「豊島区池袋にある自立支援施設ＨＯＰでは、この夏も……」

耳に引っかかったのは、当然池袋のひと言だった。その施設の名前は初めて。もしかしたら、地獄のネタ枯れからこのニュースが救ってくれるかもしれない。おれは店先から、奥に駆けつけた。もっともちいさな店だから、おれの長い脚なら三歩ですむんだが。

テレビにくいつき、手近にあったチラシを裏返し、メモの準備をする。

いいネタであってくれ。頭のなかは地獄を生き延びるためのさもしい願いばかり。冴えない女子アナのアップから、施設の全景に画面が切り替わった。ごく普通の二階建てのハイツだった。奥ゆきが長いようだ。外廊下に面して、ずらりとドアがならんでいる。ただし普通と違うのは、ドアが全部ばらばらのカラフルな色に塗られていること。なんというか、遊園地のビックリハウスのようだ。

背景に見覚えのある都電荒川線が見えた。あれは雑司ヶ谷駅と東池袋四丁目駅のあいだのはずだ。おれのどんぴしゃの守備範囲。

「ＨＯＰは二十代三十代の若いホームレスや派遣切りにあった人たちのための施設です。運営しているのも同世代の若者で、自立支援のための新しい試みとして注目されています。代表の小森《こもり》文彦《ふみひこ》弁護士に、お話をうかがいます」

画面がズームダウンして、身体にぴたりとあったスーツを着た若いハンサムが映った。紺のスーツに、紺と白のチェックのシャツ、タイは明るいブルーだ。髪は日本代表の即席フォワードのような金髪である。フレームレスのメガネをかけたハンサムが、ちょっと澄ました感じで笑っている。

「なぜ、若いホームレスのために施設をつくろうと思ったのですか」

若い弁護士が軽く息を吸ってからいった。

「それが社会的なコストが一番低いからです。若者はまだ柔軟で、自分からすすんで社会に復帰しようとする力が強いんです。今の政策では失業者やホームレスへの支援は年齢に関係なく一律ですから、これはちょっともったいないことをしている。ホームレスにしても失業にしても、長引くほど自立支援のコストがあがります。だから、ＨＯＰでは若者に焦点をあてているんです」

完全に息つぎなしで、小森弁護士がそういった。女子アナは軽くうなずいて質問した。

「ＨＯＰというのは、なんの略なんでしょうか」

間髪をいれずに小森がこたえた。

「ハウス・オブ・プライド。誇りの家という意味です。わたしはこの家で暮らす仲間たちに誇りをもってもらいたい。失業して家を失い、自立支援施設で暮らしていても、生活保護を受けていても、それは決してはずかしいことじゃない。はずかしいのはあきらめてしまうことだ。そういうメッセージをこめて、ＨＯＰというネーミングを考えました」

「これからも若い失業者の支援、がんばってください」

　女子アナウンサーが型どおりにそういって、生理用品のＣＦになった。多い夜も安心。おれは二階のおふくろに声をかけた。

「ちょっと取材にいってくる」

　返事はきかずに、ぎらつく真夏の西一番街に飛びだした。もしかすると、この地獄からうまく生還できるかもしれない。おれはめずらしく胸をはずませていた。もちろん、そのときにはこの夏最大のトラブルなど、影も形もない。

　空には硬くてうまそうな入道雲が何キロもの高さまで、湧きあがっているだけ。


　ＪＲの線路を潜るウイロードで、おれは携帯を抜いてＧボーイズのキング・タカシに電話した。ＨＯＰの話は初耳だったが、この街のガキのことなら情報はすべてやつの手元に集まっているはずだ。いい噂も悪い噂も。まあ、量的にはちょっと悪いほうが多いのだが。

「タカシに親友からのメッセージだといってくれ」

　相手は無言で、携帯をパスしたようだ。とりつぎは最近おれの冗談につきあってくれない。

「なんだ、マコト」

クラッシュアイスみたいな王さまの声。こいつの無愛想なひと言を着ボイスにしているGガールは池袋には無数にいる。若い女というのは、一律に趣味が悪いものだ。

「夏休みはひまかなと思って。いっしょに浴衣《ゆかた》着て花火大会いかないか」

半分は本心だった。いつも最低のトラブルで右往左往しているのだから、たまには東京湾のうえで屋形船に揺られるのもいいだろう。

「いつも先に用件をいえといっている。おまえは学習しないな」

王の無関心は、庶民にはムチのように手痛い。おれは傷ついた振りをしていった。

「だったら、いっしょに線香花火だけでもやらないか」

タカシはおれの誘いには髪の毛一本ほども関心がないようだ。

「用件をいえ、でなければ切る」

「はいはい、わかったよ。タカシ、HOPっていう施設をしってるか。南池袋のどこかにあって、ガキのホームレスや失業者の自立を助けているって話なんだが」

「あー……」

めずらしい。タカシは恐ろしく身体の動きが素早いだけでなく、頭の回転も速かった。意味不明の間投詞などめったにつかうことはない。こいつが評価に迷っている。ということは、なにかトラブルの種があるはずだ。

「どんな問題を抱えてる？　いいから、おれに話して楽になれよ」

耳元でさくさくと氷を削るような笑い声が鳴った。この声なら、おれも着ボイスにしてもいいかも。

「マコト、おまえはほんとに勘だけはいいな。まだ、トラブルなのかどうかもわかってない。ただ、あの施設には悪い噂がある」

「そいつは弱ったな」

そういう悪い噂をファッション誌のコラムには書きにくい。このネタがつかえないなら、おれはまた締切まえのネタ切れ地獄にまっ逆さまだ。またキングが涼しげに笑った。

「締切か、あんな作文みたいなものでも案外悩むものなんだな」

かちんときた。アイスキューブを投げつけられた気分。しかもそいつはおれの急所にあたってる。

「その作文おまえなら、どう書けるんだよ。こっちは毎回命削って書いてんだ」

まあ、いくら命を削ろうが、出来あがりになんの関係もないけどな。タカシはおれの一世一代の啖呵《たんか》を問題にもしなかった。

「ＨＯＰでは今、盛んにあの施設への入居者を募集しているらしい。金融危機からこっち、若いホームレスがこの街でもあふれてるのは、おまえもよくわかってるだろう。うちのチームのやつが何人か世話になっているようだ」

「そうか、それならいいんじゃないか」

「いや、どうかな。あそこに入居すると、すぐに弁護士つきで区役所にいくらしい。生活保護の申請にな」

日本国憲法では、最低限の生活はすべての国民に保障されている。生活保護を受ける権利は誰にでもあるはずだ。

「そいつのどこが問題なんだ」

タカシがうなるようにいった。

「そこを今、調べてる。やつらのやりかたが、うちのチームの財政にもプラスになるかもしれないしな」

そういうことか、財政状況が厳しいのは国や企業だけじゃなかった。街のガキどもも、チームのやつらもいっしょなのだ。どこにも金がない。こいつが悲しい街の真実。

「おれ、これからＨＯＰに取材にいってみるから、なにかわかったら連絡するよ」

「頼む」

キングとの電話を切った。その代わりに狭い地下道に浮きあがってくるのは、へたくそな弾き語りの恐ろしくべたべたしたラブソング。天使のきみに出会った……運命の汚れた街。こういうのは迷惑防止条例でなんとかならないものだろうか。


おれは東口のグリーン大通りをまっすぐにすすみ、首都高五号池袋線の高架したをぶらぶらと歩いた。そこには東京でも有数のホームレス村がある。青いビニールシートと茶色のダンボール、それに黄色い荷かけ用のテープでできた家ともいえない箱が無数に続いているのだ。

日本のホームレスはやはり日本人だと感心したりする。あまったダンボールはきちんと整理して立てかけられて、どのホームもきちっとした造りだ。ぼろきれやあまりものの材料が放りだしてあることはない。清潔で、几帳面で、静か。当然、人の気配はまったくない。ホームレスはあれでなかなかいそがしいのだ。どんなに切り詰めても、東京で生き延びるには一日千円はかかる。雑誌やアルミ缶を拾い集めたり、コンビニのゴミ袋のなかから消費期限切れの弁当を回収したり、各地で開かれる炊《た》きだしにこまめに足を運んだり、仕事はいくらでもあるのだった。

おれがガードしたでニッポン国の現実の姿と未来について憂慮していると、ジーンズの尻ポケットで携帯が鳴った。液晶の小窓を見る。おふくろ。天敵からの電話だ。頭と腹が痛くなってくる。

「はい、なんだよ。おれはこれから取材なんだ」

おふくろの声はキング・タカシに負けないくらい冷たかった。

「そのいいぐさはなんだい。飛び切りの美人を紹介してやろうと思ったのに」

どうせ、おふくろがいう美人などたかがしれている。せいぜい池袋西口レベル。おれはタカシのまねをした。

「いいから、用件を話せ」

「カッコつけてんじゃない。晩めし抜きにするよ」

衣食住をにぎられていると立場は弱い。おれは素直にあやまった。

「ごめん、でもほんとに取材なんだ」

「こっちはあんたあてにお客がきてる。えらいベッピンさんで、ひどく急いでるんだよ。そうだよね、あんた」

おふくろが電話のむこうでおれの依頼人となにか話していた。

「名前は畑中鈴《はたなかりん》ちゃんだって。あんた、今どこにいるんだい」

「東池袋、首都高の高架しただけど」

「じゃあ、出光のガソリンスタンドのまえにいな。今、お嬢さんがタクシーでそっちにむかうから」

おれは日陰の歩道で叫んだ。

「ちょっと待てよ、おふくろ」

おふくろが携帯を手で隠したのがわかった。いきなり声がくぐもって、生々しくなったのだ。

「いいから、いいから。うまくやんなよ、マコト。おまえ、前回のワールドカップからずっと彼女いないだろ」

そのあいだにちょこちょこといる時期はあった。そんなことはおふくろには口が裂けてもいえない。黙っていると、天敵が見しらぬ女にいう言葉が遠くきこえた。

「うちのマコトは、見た目はとっつき悪いけど、ハートは熱くていいやつだ。きっとあんたの相談にも真剣にのってくれるはずだよ」

足元が崩れそうになる。彼女探しにおふくろの力を借りるトラブルシューター。タカシにしられたら、一生からかわれるに違いない。

「ちょっと待て、こら」

おれが叫ぶと同時に、電話が切れた。ベビーカーを押しておれの横をいく若いママの足がいきなり速くなった。変質者から赤ちゃんを守る母親役。おれは顔色が変わらないように全力で努力しながら、きた道をガソリンスタンドにむかってもどっていった。

冷静になるためにホームレスのホームを一軒一軒かぞえていく。

ほんの数百メートルで、几帳面な四角い箱の家が四十二軒。
日本がギリシャと違うというやつは、池袋にきてすこし散歩でもするといい。

ガソリンスタンドのまえでガードレールに腰かけていると、プリウスのタクシーが音もなく停車した。開いたドアからおりてきたのは、黒のぴちぴちのベルボトムジーンズに、黒い半袖Tシャツの女。好きな女優ではないがアンジェリーナ・ジョリーみたいなスタイル。顔は涼しげな日本人顔だが、どこか厳しさを感じさせた。顔までアンジェリーナでなくてよかった。おれは濃い顔は苦手。

ガードレールから声をかけた。

「あんたが、畑中リンちゃん？」

リンはじっとおれをにらんだ。敵だか味方だか決めているようだ。

「そう、あなたがマコトさん？」

うなずいた。じっとしているだけで汗が流れてくる。

「これからアポなし取材なんだ。三十分だけ話をきこう。近くの喫茶店でいいか」

おれたちは広い歩道を歩きだした。両側にはビジネスビルとマンションが大通りの果てまで続いている。リンがひどく静かで、木陰にはいると暗がりに溶けこんでしまいそうなくらい控えめであるとすぐにわかった。まるで自分の存在を殺しているようだ。

おれが思いだしたのは、獲物に近づいていくときのGボーイズの特攻隊とその指揮官タカシの雰囲気だった。

「あんた、誰か狙《ねら》ってるの？」

なにげなくそう質問した。影みたいな女は出会って初めて笑った。ミラーガラスのビルに映った夏の虹みたいに淡い笑み。確かにおふくろのいうとおり、なかなかの美人だった。

「そうね、今は追いかけてるのかな」

「誰を」

そのときグリーン大通りを黒いワンボックスカーがヒップホップの轟音《ごうおん》ドラムとともに駆けていった。リンは肩からさげた黒革のショルダーバッグに手をいれて、さっと全身を硬くした。なにも返事をせずに、ワンボックスカーをにらんでいる。

「わかったよ。あんたの話をちゃんときかせてくれ」

しかたなくそういった。そいつは生命の危機に瀕《ひん》した野生の動物の反応だった。どえらいスタイルのベッピンにそんな姿を見せられたら、ほかになんていえるんだ？

リンが夢から醒《さ》めたように、おれのほうをむいていった。

「えっ、なあに」

決め台詞もちゃんと届かない。やはり演出家のいない芝居はつらい。


高架したのカフェは、チェーン店ではなく、地元の店。

結果的にアイスコーヒーは一杯五百円もした。おれは値段の分だけたっぷりとガムシロとフレッシュクリームをいれた。リンはブラックのままだ。窓際の席でむかいあって、初めて気づいた。

リンは襟《えり》ぐりの広いTシャツの胸に、銀のネックレスをさげている。それくらいひと目見たときにわかっていたが、ペンダントトップの十字架のすこし手まえで、そのネックレスが一度千切《ちぎ》れたようなのだ。その部分だけ、金で溶接してつないである。金と銀のコンビのネックレスが、窓辺で夏の陽光を受けて鈍く光っている。

「へえ、銀のネックレスを金でつなぐなんて、めずらしいな。そんなにお気にいりのやつなんだ」

リンはおれに笑いかけた。なんというか狼にでも牙をむかれた気分。

「そう、記念なんだ」

「なんの？」

「わたしのレイプ記念」

アイスコーヒーをもった右手が空中でフリーズした。しゃれたミッドセンチュリー調の家具がそろったカフェの温度が一気に十℃も低下する。おれはまったく感情をまじえずにいった。

「そうか。そいつは今回あんたが追ってるものに関係あるんだよな」

リンは狼の笑顔のままうなずいた。

「だったら、話してくれ」

リンの笑いがさらに強くなった。

「あれは三年まえだった。わたしは高田馬場ちかくに住んでいて、近くの大学に通っていた。小学校のころからずっと体操をやっていたし、中学くらいまでは全国大会でも表彰台にあがるくらいの選手だった。とくに跳馬と床でね。でも、高校にはいって急に背が伸びて、身体が予想以上に成長して、新体操のほうに転向したの。大学三年の夏は、わたしはうちの新体操部のエースだった」

それでやけにスタイルがよく見えたのだろう。元々の身体つきにプラスして、妙に姿勢がいいのだ。ゆるやかなS字に伸びる背骨と張りだした胸。普通に歩いているだけで、リンの手と足は指先までぴしりと神経がとおっている。

「わたしのとなりに黒いワンボックスカーがとまったのは、土曜日の練習の帰り道だった。空は夕焼けで、あと三分でうちに帰れる。帰ったら、おかあさんのつくった晩ご飯をたべて、夜は借りていたDVDを妹と見るつもりだった。13日の金曜日のシリーズみたいな、きゃーきゃー騒げる映画」

リンはブラックのアイスコーヒーをひと口のんだ。顔色が悪い。胸元まで血の気が失せていた。思いだすだけで、苦しくてたまらないのだ。目のまえにいる女は全力で過去と闘っている。なにかいわなければいけないと思った。すこしでもエールを送るのだ。

「おれはここにいるよ。あんたの話を全身できいてる」

リンはほんのすこしだけ微笑んだ。頬をひきつらせたままいう。

「開いたスライドドアから、ふたりの男が跳びおりてきた。顔にはパーティでかぶるようなふざけたマスクをつけてる。アメリカやロシアの大統領とか、ああいうやつ。わたしは気がついたら、クルマのなかに引きずりこまれていた」

高田馬場ならおれもよくわかる。通りをそれて路地に一本はいれば、静かな住宅街だ。家から数分のいつもの道で、いきなり拉致される。てのひらの汗をジーンズでふいた。

「クルマのなかはシートがフラットになっていた。ふたりがかりで腕を押さえられて、口をふさがれた。ひとりの男を蹴ったら、顔をグーで殴られた。バッグから携帯電話を抜くと、わたしの目のまえでリーダーみたいなやつがいったの。大人しくしていれば、すぐ自由にしてやる。だが、騒いだり抵抗すればこうだ。そいつはわたしの携帯を折った。あの音は忘れられない。自分の骨が折れたみたいだった」

人の心を折る方法は時代が変わるたびに洗練されていく。おれは絶望的な気もちで、携帯がふたつに折られる音をきく女子大学生を考えた。こういうときにはあまり想像力がないほうがいい。

「……そうか」

リンの狼の笑顔は変わらなかった。

「四人に六回わたしは犯された。ぼろきれみたいにされて、ワンボックスカーから蹴りだされたのは、練馬の畑のなかだった。わたしは裸足のまま近くの家に助けを求めて、救急車を呼んでもらった。警察にも届けたよ」

なにもいうことはなかった。そこで、おれは間抜けなことを口走った。

「なんていうか……その、よかったな」

「よくはないよ。わたし、警察で二度目のレイプをされたんだから」

おれは息をのんで、リンの言葉を待った。

「調書をつくるために、中年の刑事に話をきかれたんだ。微《び》にいり細《さい》にいりって、すごい表現だよね。なんにでもぴったりの言葉ってあるんだなあって、あとですこし感心しちゃった」

　おれがなかよくしている数すくない刑事は、池袋署生活安全課の吉岡くらい。あんなおやじにどんなふうにレイプされたかレポートするのは、それは気がすすまないことだろう。

「刑事はなんだって？」

「すべてを詳しくきいて、調書をつくって、最後にわたしがサインと捺印《なついん》をすませるとこういったの。あんたも男を誘うような格好をしているから悪いって」

　リンの目のなかに火がついたのがわかった。

「別に誘うようなカッコウなんてしていなかった。ミニスカートでもなかったし、部活の練習のいき帰りの普段の服装。ジーンズにハワイで買った虹のイラストのTシャツ。でもね、そのときなによりも嫌だったのは、その刑事の反応だったんだ。マコトさんとは千パーセント違ったよ」

　どういうことだろうか。おれにはよくわからない。

「あの中年はわたしの話をきいて、親切そうにあいづちを打ちながら、好奇心でいっぱいだった。自分のレイプの話を死ぬ思いで、三時間以上もして、相手が机のしたで勃起《ぼっき》してるなんて、世界を呪いたくなるよ。一度目はクルマのなか、二度目は警察の取調室、二回連続でわたしはレイプされた」

　今度はおれは間違わなかった。完全に沈黙を守ったのだ。

「ごめんな、ワンボックスカーのやつらも、その刑事も、ほんと男って最低だよな」

しばらくしておれがそういうと、リンはびっくりした顔になった。

「わたしがこの話をすると男の人ってみんなそういうね。でも、ぜんぜんあやまる必要なんてないよ。だって、マコトさんはレイプなんてしないでしょう。だいたい誰かが人を殺して、自分も同じ人間だからって被害者の家族にあやまることなんてないよね。でも、レイプに関しては、なぜだかすべての男性が罪悪感をもっているみたい。これって、不思議ね」

リンはそういって、今度は普通の女の子のように笑い声をあげた。

「だいじょぶだよ、わたしも男の人が全員レイプ犯なんかじゃないってわかってるから」

それだけでひと安心。すくなくとも、世界の半分を憎んだり、恐れたりしなくてすむ。

「わたしね、そのあとあんなに好きだった新体操も辞めちゃった。家からでられなくなったから。あのころはつらかったなあ。とくに若い女の子といるとダメなんだ」

「どういうこと？」

若い男を避けるのならわかる。だが、安全なはずの若い女になぜ近寄れないのだろう。犯罪被害者の心理はいつもねじれるものだ。

「自分だけ不潔な気がして、友達といるとみんなまで汚してしまいそうで。あの事件から一年はひどかった。これはわたしが講演でも話していることだから、正直にいうね。わたしは一年間休学して家にこもり、つぎの一年間は男と寝まくった。五十人は超えたんじゃないかな」

リンはアメリカの戦略爆撃機みたい。口からつぎつぎと爆弾がこぼれてくる。嵐のなかで立ちつくし、おれはまたも間抜けなことをいった。

「……そうか、それってたのしかったの」

また強靭《きょうじん》な笑顔にもどって、二度のレイプから生還した女がいった。

「たのしいわけないじゃん。毎回必死だったよ。なんとか男を引っかけて、ベッドにもちこむ。そこであのワンボックスカーのときみたいに、今度はとちらないように必死になるんだ」

今回も意味不明。リンの話は完全に予想外の角度から飛んでくる。どいつもこいつもノックアウトパンチだった。

「マコトさんって、童貞じゃないよね」

自信をもっておれはうなずく。まあ、それほど経験豊富というわけじゃないけどな。

「毎回同じような状況をつくっても、今度はあのときとは違って、絶対に主導権をわたさないようにって、冷や汗をかきながらがんばったんだ。セックスはたのしいどころか、苦しかったけど、そうしないではいられなかった」

心の底まで届くような傷を修復するための命がけのセックスだ。おれは目のまえの女が正しいとも間違っているともいえなかった。リンを裁くことは、どんなに高潔な道徳家でもできないはずだ。人の心は傷つくことで癒《い》える場合もある。

「あんた、すごいな。よくがんばったよ。でも、最後には疲れちまっただろ」

リンは力強くうなずいた。

「うん。とことん疲れた。で、男はやめることにした」

まあ、好きでもない（あるいは好きになれる可能性のかけらも感じない）男とのセックスなんて、自分を削るだけだからな。そいつは当然の話。

リンは胸に手をあげ、十字架のネックレスをさわった。ペンダントトップではなく、金のつなぎ目のほうだ。

「このネックレスは、携帯を折られたあとで、リーダーに引きちぎられたんだ。なぜかバッグのなかに残っていたんだけど、レイプの最中必死で自分で投げこんだのかもしれない。あのときの記憶はあまり鮮明じゃないから、はっきりしないけど。好きでもない男と寝るのをやめて、社会にもどるって決めた日に、新宿のアクセサリーショップで直してもらったんだ」

涼しい笑い声がカフェのなかに流れた。音楽はめずらしい七〇年代のソウルミュージック。黒人であることの誇りを身長二メートル近くある大男が、絹のようなファルセットでうたっている。なんだかリンの笑い声といいハーモニーだった。

「買った値段より、修理代のほうが高かったけどね。でも、このネックレスはわたしといっしょに災難にあって、でもちゃんと生き延びた。そう思ったら、ぜんぜん惜しくなかった」

ほんとうの宝物って、ただの値札や流行で決まるわけじゃなく、そうやって増えていくもんだよな。

「わたしは、今、体操教室で子どもたちに教えながら、レイプ被害の実態をあちこちで話してるの。まだまだみんながしらないことがたくさんあるから。自分では体操をやめて、総合格闘技を始めた。それで、あまった時間はあいつらを追っている」

おれはうなずいていった。

「ワンボックスレイパーか」

リンもうなずく。うつむき加減になると、ただでさえおおきな目がさらに巨大になった。世界のすべてが映ってしまいそうだ。

「そう。でも、今あの四人には名前がついているの。東京近郊で同じ手口がもう三十件以上報告されていてね。広域指名手配犯Ｂ13号。半年ごとに黒いワンボックスカーをのり換えながら、やつらは今も街を流してる。最近の二カ月間で四件の事件があって、全部池袋周辺で起きているんだ」

そういうことか。それなら、おれへの依頼も納得がいく。

「そういうのはめずらしいのか」

「うん、いつも犯行の地域はばらけていたから。わたし考えたんだけど、あいつらなんらかの事情でこの街を離れられないんじゃないかなって」

おれも同じことを考えていた。ひどくいそがしい仕事に就いたか、口うるさい雇い主のもとで働いているか。時間がないから、手近なところで欲求充足に走る。これまで一度も捕まっていないから、警察を甘くも見ていることだろう。おれは腕組みをしていった。

「チャンスかもしれないいな」

「やっぱり？」

なぜかおれは自信満々でいったのだ。そのときには、目のまえにいる女が三度目の死ぬ思いをするなんて、想像もできなかった。

「ああ、だけど、そいつを追うまえに、ひとつ締切を片づけさせてくれ。そいつが終わらなきゃ、どんなに大事件でも集中できないから」

リンは不思議そうな顔をした。

「マコトさんって、どういう人なの？　池袋のトラブルシューターって、大学の友達にきいたけど。作家もやってるの？」

売れない文学を書いているといいたくてたまらなかったが、おれはなんとかして正直さを保った。

「ある雑誌にコラムを書いてる。原稿用紙四枚くらいのちいさなやつだ」

「へえ、意外とインテリなんだね」

おれは首を横に振った。文章はこの世界をきちんと見る目があれば、誰にでも書ける。特別な才能が必要だなんて、怠《なま》け者のいいわけだ。

「いや、おれは考えるのをあきらめないだけだよ。さあ、取材にいこう。すぐ近くにある若いホームレスの自立支援施設なんだ。ＨＯＰ、誇りの家っていうんだ」

リンは立ちあがると、テーブルに一枚の五百円玉をおいた。

「割り勘でいいよね」

おれはうなずいた。今の話をきいたら、簡単に男がおごるとはいえなかったのだ。おれたちは真昼の東池袋にもどった。日ざしは分厚いコートでも着せられたように肩に重い。誇りの家でおれたちが見つけることになるのは、人間が最低限の誇りを売るときの値段と、そのあとにどんな抜け殻が残るかという見本だった。

だが、飛び切り強くて、飛び切りスタイルがいい美人と金融危機後の高架したを歩いていく浮かれたおれには、そのときどんな未来が待っているのかまるでわからなかった。

獲物が罠《わな》にかかるときっていうのは、だいたいがそんなものなのかもしれない。

もっとも残念ながら、その獲物は頑丈なおれのほうではなく、何度も危機をのり越えてきた気高いベッピンのほうだったんだがな。


都電荒川線の線路のうえには、八月の熱気で陽炎《かげろう》が立っていた。

遠くから一両きりの電車が幽霊のように揺れながらやってくる。車輪のない宙に浮かぶ電車。おれのとなりにはフィギュアのようなスタイルのリンが肩をならべ、頭上には夏の雲が３Ｄの立体映像みたいに静止している。空の青さは色見本にでもつかえそうなくらいあざやかだった。

完璧だと、おれは思った。ネタ切れで地獄のような苦しみで始まった一日が、こんな展開になることもある。だから、もの書きはやめられない。まあ天国にしろ、地獄にしろ、全部ひとりででっちあげてるマッチポンプなんだけどな。井戸の底のちいさなアップダウン。

リンが形のいい腕をあげ、前方を指さした。

「マコトさん、あれ」

線路沿いの車道にはみだすように行列が伸びていた。汗で濡れたＴシャツやダボシャツ、ひざの抜けたジーンズや作業ズボン。男たちの背は一様に丸まって、顔からは表情が消えている。人気のラーメン屋やスイーツの店にならんでいるわけではなかった。誰が見てもすぐにわかるホームレスの行列だ。

「どうやら、あそこに誇りの家があるみたいだな」

　このあたりは池袋の繁華街からはずれた静かな住宅街だ。そうそう自立支援施設がたくさんあるはずがなかった。おれたちはそこになにが待つのかまったく予想もせずにぶらぶらと歩いていった。それどころか、おれのほうはもっとＨＯＰが遠ければいいのにと思っていたくらい。そうすれば、もうすこしだけ出会ったばかりの美人と散歩ができる。

　トラブルシューターなんていっても、まだまだ青いよな。まあおれの場合青春まっただなかで、彼女もいないから、しかたない。

　テレビの画面で見たばかりの建物を見るのは、なんだかおかしな感じだった。

　カラフルなドアがついた白い二階建てのハイツが双子のように二棟。手まえの駐車場にはテントが張られ、炊きだしがおこなわれていた。メニューは定番のカレーで、そいつは駐車場にはいるだいぶまえから香りでわかった。

　おれとリンが行列の先頭をすぎて、炊きだしの主催者に話をききにいこうとしたら、横から声がかかった。

「あっ、マコトさん」

　きき覚えのある声だった。行列の先頭から三番目の男が手を振っている。Ｇボーイズの集会で見たことのあるガキだった。裾がぼろぼろのカットオフジーンズに、龍と雨雲の和風のTシャツ。頭は丸坊主だ。名前は確か、ヤスだった。苗字はしらない。その名だって偽のストリートネームかもしれない。この行列にならぶということは、くいぶちに困っているということだ。二十代のホームレスが本名で暮らしているとは思えなかった。

「ああ、おまえ、ヤスだったよな」

やつはまえ歯をむきだしにして笑った。うえの歯が一本欠けていて、妙に愛嬌がある笑顔。

「ご苦労さまです。キングに頼まれて、取材にきたんですか」

行列の男たちが取材という言葉をきいて、顔をそむけた。ヤスは気のいい男なのだろうが、空気を読めないやつだった。しかたなくおれはいった。

「いいや、おれの個人的な興味。ちょっとここの代表に話をききたくてな」

ヤスの順番がまわってきた。紙皿のうえには山盛りの白飯と、カレーがたっぷり。配給をしているのは、施設のドアと同じカラフルな色のTシャツを着て、マスクをした男たちだった。なぜか、みなガタイがいい。だいたいボランティアの炊きだしをやるような男女は、みな中肉中背かやや痩《や》せ型だ。フットボーラーをそろえた炊きだしを、おれは初めて見た。

ヤスはカレーをもって、おれのところにやってきた。

「ひとりだとつまらないから、マコトさんもつきあってくださいよ。おれ、昨日から誰とも話をしてなくて、ちょっと会話に飢えてんですよね」

またも歯欠けの人なつこい笑顔。まあ十五分ばかり取材が遅れたからといって、問題はないだろう。だいたいアポなしだしな。おれはリンに顔をむけた。

「こういってるけど、いいかな」

リンは涼しい顔でうなずいた。なぜか顔にだけは汗をかいていないのだ。弾けそうな黒Ｔの胸には、うっすらと汗の染みが浮いている。美人の場合、汗染みまで好ましく思えるから、男というのは愚かだ。


駐車場の木陰に移った。深緑の葉を無数に揺らす盛夏のケヤキのした、おれはヤスの手元を見ていった。

「そのカレー、普通のじゃないな」

ごろごろと粗く刻んだジャガイモやタマネギやニンジンが見えない。本格的なインドカレーのようだ。

「ああ、そうですね。マトン・ド・ピアイザーっていってたかな。おれはこういう本格的なのより、家のカレーのほうが好きだなあ」

つけあわせも福神漬けではなく、ピクルスのようだった。キャベツとキュウリがたっぷり。

「ＨＯＰの炊きだしって、いつもこんなにしゃれた感じなのか」

ヤスの先割れスプーンは、キング・タカシの拳《こぶし》にも負けないくらいの速さだった。ほんの会話の二、三往復のあいだにカレーの山は半分片づいている。口を動かしながら、やつはいう。

「そうっすね、なんかしゃれた感じです。トンカツじゃなくてビフカツとか、クリームシチューじゃなくて、ほら、あのロシアの赤いシチュー……なんでしたっけ、ボロシチ？」

おれのとなりに立つリンが手で口を押さえ、笑いをこらえていた。おれは地面にしゃがんでカレーをくうヤスと同じ目の高さ。

「ボルシチだろ。そいつはちゃんとサワークリームかかってたか」

「覚えてないけど、白いのがかかってた気がします。マコトさん、食通ですね」

池袋のエスニック料理が最高のごちそうのおれが、食通のはずがなかった。四川に、広東に、満州に、タイとベトナムとインドとスリランカ。安くて本場の料理がそろう街なのだ。

「それよりヤスは、いつもここの炊きだしにならんでるのか」

「それはまあね、だっておれ先月から、ここに住んでますもん」

おれはそのひと言で、こ躍りしそうになった。内部情報提供者をひとり見っけ。だが、ここであまりぐずぐずしていられない。締切は迫ってくるし、まだＨＯＰには直接接触もしていないのだ。

「ヤスは携帯もってるの？」

歯の欠けた笑顔で、やつは尻ポケットから携帯を抜いた。ストラップはなぜかブランドもの。グッチのＧが揺れてる。

「夜にでも話をきかせてくれないか。晩めしはおれがおごるから」

今度はやつがこ躍りする番だった。

「ラッキー、これで今日はめし代が一円もかからない」

そこでおれたちは木陰で赤外線通信をして、プロフィールを交換した。二十代のホームレスにも当然プロフィールはある。まあ、そういう時代だってこと。

リンとふたりでテントにむかった。いつのまにか行列は消えて、駐車場のあちこちで男たちがしゃがんだり、立ったままだったり、思いおもいの格好でヒツジのカレーをかきこんでいる。のみものもちゃんと用意されていた。水滴をびっしりとつけたウォーターサーバーがふたつある。おれは財布のなかから伝家の宝刀を抜いた。めったにつかうことのないファッション誌のロゴいり名刺だ。鮮やかなオレンジのTシャツに声をかけた。

「すみません、真島誠といいます。こういう者なんですが、取材をお願いしてもいいでしょうか。できたら、今すぐほんの十分でもいいですから」

ガタイのいい男は、名刺を一瞬見てから、じっとおれをにらんだ。なんというか、ボランティア的ではない視線。やつはうなずくと、おれにいった。

「ちょっと待っててくれ」

名刺をもって、どこかにいってしまう。おれは別なカラフルTシャツに声をかけた。鮮やかな黄緑。

「悪いけど、のどが渇いてるんだ。一杯もらってもいいかな」

紙コップをとって、サーバーから冷たいお茶を注いだ。ひと口のむ。でたらめにうまいが、おれにはそれがなんのお茶だかわからなかった。

「これ、なんのお茶かな」

おれの手には小型のノートと水性ボールペン。取材ではこういうディテールが大切なのだ。黄緑Ｔシャツがめんどくさそうにいった。

「ソバ茶」

あとはしらんぷりだった。どうやら取材が好きではないらしい。この手の施設にしたらめずらしい話。さっきのオレンジＴがもどってきた。

「うちのボスが取材に応じるそうだ。きてくれ」

おれは後方に立つリンのほうにあごをしゃくっていった。

「助手を連れていっていいかな」

オレンジＴはじっとリンに視線を注いだ。頭の先から、足の先まで。薄い膜でも張ったように、やつは目の光を消している。だが、おれも男だから、それが女の肉体を値踏みする視線だとよくわかった。

「ああ、きてくれ」

シャッターでも閉じるようにリンへの興味を断って、オレンジＴがおれたちをハイツに案内してくれた。


二階の一番奥の部屋が、ＨＯＰの事務室になっていた。

こちらの部屋のドアの色は、山吹《やまぶき》色みたいな濃厚なイエロー。オレンジＴがノックするときなど、ふたつの色がぶつかって目にハレーションが起きそう。

「ボス、お客さまをお連れしました」

ドアが開くと、冷蔵庫のように冷房がきいていた。エコなんてカケラも考えていない設定温度は、たぶん十五度。さっきのニュースに爽《さわ》やかに登場していた若い金髪が、受話器にむかって叫んでいる。弁護士の小森文彦、ＨＯＰの代表だ。

「だから、おたくらのネットマガジンの取材を受けて、うちにどういうメリットがあるのか、教えてもらえないか。なぜ、取材協力費がタダなんだ」

テレビニュースの映像とは、雰囲気がまったく違っていた。あのときは冷静な切れ者で育ちのいい坊ちゃんという印象だったが、今は熱しやすくすぐ切れる悪ガキに見える。まあ弁護士の資格をとっているくらいだから、頭のほうは悪くないのだろう。やつは受話器を押さえて、おれたちにいった。

「そこのソファに座っててくれ。すぐに電話を終える。こいつらのホームページは学生のブログに毛がはえたようなものだが、おたくらの雑誌はこちらも毎月読ませてもらっている」

メディアによっててのひら返しをする誇りの家の代表。まあ、これも現代の肖像としては、悪くないのかもしれない。小森は電話のむこうにいった。

「こちらもいそがしいので、取材はお断りする。もっとビッグになったら、電話してくれ」

信じられない話しかたをする男。やつは受話器をおくと、革張りの回転椅子をくるりとまわし、おれたちのほうにむいた。

「きみが真島誠くんか。コラムは毎月読ませてもらってる。いつもなかなかおもしろいな。とくに視点が低いのがいい。いつも路上すれすれという感じだ」

低空飛行はおれの得意技。鳥ではなく、高く飛べないバッタのようなものだ。ちょっと跳ねても、すぐに地上におりてくる。低姿勢でおれはいった。

「お時間をいただいて、ありがとうございます」

小森は金髪の頭をつんつんに立てている。弁護士というより、ハンサムな若手漫才師に似ている。

「それで真島くんがうちのＨＯＰをつぎのコラムに書いてくれるということなのかな。どうせなら、ちゃんと好意的にとりあげてくれよ」

おれは適当にボールペンを動かしていた。そうしていると、なんだか取材らしい雰囲気にはなるからな。

「今日のお昼のニュースを見ました。でも、この施設にとってマスコミに好意的にとりあげられることって、必要なんですか」

小森は余裕たっぷりにうなずいた。

「それはそうだよ。支援してくれる人も資金も必要だし、役所からの支持も大切だ。それにうちの施設を運営するスタッフとキャストをもっとたくさん集めなくちゃいけない」

若手弁護士の台詞で、ひとつ引っかかった。

「施設のスタッフはわかりますけど、キャストってなんですか」

小森は人さし指でこめかみを押さえた。偏頭痛《へんずつう》でもあるのだろうか。きざなポーズだ。

「ああ、キャストというのは、うちの施設で暮らす若いホームレスのことだ。今はこの二棟のハイツだけだけれど、ＨＯＰではこの近所にさらに二棟の物件を押さえて、改装を急がせている」

急成長中の不動産会社のようだった。

「若いホームレスって、そんな勢いで増えているんですか」

「そうだ。金融危機以降、派遣社員は契約解除の嵐だからね。うちは彼らを一手に引き受ける団体になりたい。うまく回転させれば最小限の社会的な負担で、若いホームレスを就業させ、社会復帰を可能にできる。行政は五十歳で成人病にかかった失業者も、二十五歳の健康な失業者も同じようにあつかっている。本来なら復職が容易な若者にもっと手厚くすれば、失業率の改善に効果的なんだけどね」

あまり品性はよくないが、この弁護士のいっていることはまともだった。おれは今度はほんとうにメモをとった。こんなに長い発言は書かなきゃ忘れてしまう。

「そのためにＨＯＰではなにをしているんですか」

何度となく説明し慣れているようだった。考える時間もかけずに、ひと息でやつはいった。

「まず就職に必要なのは、確かな住所だ。ホームレスの場合、部屋を借りるのはなかなかたいへんなんだが、うちは先に自分のところでハイツを押さえてあるから、住所は問題ない。あとは生活を安定させるために、区の生活保護にきちんとつなげてやればいい」

苦しい財政の地方自治体が相手でも、弁護士ならきちんと最後まで生活保護申請を面倒見てやれるのだろう。蛇《じゃ》の道は蛇《へび》。法律には法律、建前には建前だ。

「そこで、ＨＯＰではキャストに独自の職業訓練をおこない、週に三回炊きだしもやっている。まあひと言でいえば、うちの施設にはいるほうが、首都高の高架したやどこかの公園の植えこみで寝るよりはるかに、文化的で人間的な生活が送れる」

おれはこれまでたくさんのボランティアやＮＰＯの代表に会ってきた。だが、小森にはこれまでの誰とも違う肌ざわりを感じた。社会改良に燃えるというより、新規上場で一発あてようとしているＩＴ企業の社長のようだ。

「それにわたしは若いホームレスの自立支援を、きちんと採算ベースにのるビジネスとして展開したいんだ。キャストの毎日の生活を保障するし、就業のためにともに努力するから、保護費のなかから一定の費用をいただく。また就職した場合最初の半年間は給料から謝礼金をいただく。ただのボランティアでなく、きちんと成長できる社会的起業のひとつとして、わたしはＨＯＰの仕組みを考えた」

なるほど、まだまだ日本のデフレも不景気も続くことだろう。そうなると仕事の種である若い失業者も増え続けることになる。うまいところに目をつけたものだ。ホームレスの自立支援は前途有望な成長産業なのだった。小森は立ちあがるといった。

「キャストの部屋を見るかい？」

もちろんだ。うなずくとおれもソファを立った。リンはバネ仕かけの人形のように背を伸ばしたままソファの座面から腰を浮かせた。なんというか、ちゃんとスポーツをやってるやつって、おもしろい動きをする。


小森に連れていかれたのは、同じ階にあるふたつ離れた部屋だった。こちらのドアはあざやかなウルトラマリン。トルコ石の青。

「この部屋は今、誰も住んでいない。もったいない話だな。今月は家賃ゼロだ」

おれたちは玄関で靴を脱ぎ、ユニットバスのドアを横目に奥の部屋にむかった。子ども部屋にあるようなベッドとデスクが一体になったユニット家具がふたつおいてある。中央はパーティションで仕切れるようになっていた。おれは質問した。

「ひと部屋でふたりで暮らすんですね」

小森は上機嫌だった。指先でベッドの枠のうえをぬぐい、きちんと清掃がゆき届いているか確認している。

「ああ、東京では賃貸料が高い。保護費でこの部屋を丸々貸したのでは、採算割れだ」

なんにしても、利益の話がでてくる代表だった。けれど、その時点ではおれのＨＯＰへの好感度はプラスもマイナスもなかった。これまでの福祉では十分でなかったから、新しい方法を編みだしたのだろうと単純に思っていた。

「さっき話していた職業訓練だけど、どういうことをやってるんですか」

金髪の弁護士はこともなげにこたえた。

「メインはパソコンの技術と対人関係のコミュニケーション訓練だよ。今では溶接とか、木工とか、お呼びじゃないんだ」

おれは腕時計を見た。もう取材を始めて三十分以上たっていた。そろそろおれの短いコラムには十分だろう。おれは礼をいって、部屋を離れた。外廊下にでたところで、小森が握手を求めてきた。アメリカ人みたいだ。おれの手をしっかりとにぎって、やつはいう。

「ちゃんといい文章を書いてくれ。若いホームレスや失業者が、ＨＯＰで暮らしたいと思うようなコラムを期待してる。いい出来なら、掲載誌を百冊だって買わせてもらうよ」

太っ腹な自立支援施設の代表。やはり時代が変わると、新しいタイプの人物が登場するのかもしれない。おれはずっと黙って微笑んでいたリンと、カラフルなドアをつぎつぎとおりすぎていった。


駐車場にもどったところで、リンが小声でいった。

「なんだか変だと思わない？　マコトさん」

おれの目は節穴《ふしあな》なので、ぜんぜん変だとは思わなかった。記憶が鮮明なうちに、うちに帰ってコラムを書きたかったくらいだ。

「なにが変なんだ」

リンは首のネックレスのつなぎ目をさわりながら、不安げな顔をしていった。

「施設はおしゃれで立派だし、代表のいうことももっともだった。でも、ここで暮らす人がみんな暗い顔をしてる」

そういえば、さっきの炊きだしにならんでいた男たちは、みな一様に喜怒哀楽の感情が抜け落ちた表情だった。

「でも、失業してホームレス暮らしが長ければ、誰だってそんなふうになるんじゃないのかな」

それでもリンは納得していないようだった。

「変なのは、キャストの人たちだけじゃなくて、さっきのスタッフもだよ。炊きだしをしていた派手なTシャツの男の人がいたよね。あの人たち、すごく嫌な目でわたしのことを見ていた。人間じゃなくて、ものを見るような目。さっきはなにもいわなかったけど、わたし吐き気がしたもの」

「そうだったんだ」

そこまでいわれたら、おれも考えないわけにはいかなかった。リンは自分の身体を両手で抱いていった。

「コラムを書くのはいそがないほうがいいんじゃないかな。さっき炊きだしにならんでた人から、ちゃんと話をきかないとダメだよ」

都電荒川線の東池袋四丁目駅までもどってきた。名残《なご》惜《り》しかったが、おれはリンにいった。

「こっちはこれから店にもどって、仕事だ。夜はリンのいうとおりヤスから、ちゃんと話をきこうと思う。そっちの事件の手伝いは、コラムの締切を越えてからだ。あんたはどうする？」

「わたしは今日は高田馬場の実家に帰ります。都電にのるの久しぶりだなあ。じゃあ、また連絡するね」

リンは改札のないホームに続く階段を、飛び跳ねるようにあがっていく。おれはまっすぐな脚と背中のラインに見ほれてから、きた道を池袋駅にもどった。首都高の高架したには、無数のビニールシートハウスがならんでいる。切ないけれど、これも池袋という街を代表する建造物のひとつだ。

なにもサンシャインシティだけが、この街の顔のはずがない。おれたちが生きている街には、人の心の色と同じ数の建物がある。

ビニールシートハウスを眺めながら、おれは携帯電話を抜いた。自分のコラムの取材だけでなく、リンの依頼にもすこしは動かなきゃならない。相手は池袋署の万年平刑事、吉岡だ。おれたちはウマがあうというか、腐れ縁というか、もう十年近い顔なじみ。おれはガキのころ何度かやつに補導されたことがあるし、やつは何度かおれのおかげで手柄を立てたことがある。むこうにしたら、一円も金がかからないいい情報提供者だろう。

「なんだ、マコトか。このいそがしいのになんの用だ」

信じられないことに吉岡は不機嫌にそういう。

「どうせ机にむかって、誰も読まない書類を書いてるだけだろ。ちょっと話をきかせてもらいたいんだけど」

警察官も官僚だった。官僚であるということは、驚くほどの量の文章を書かなければいけないということだ。街の平和を守るのは二の次で、一番の仕事が書類づくりなんて逆立ちしてるんだがな。吉岡はうなるようにいった。

「またなにか事件に頭つっこんでるのか。給料もでないのにマコトももの好きだな。わかった、三分やる」

おれは吉岡の頭の薄さをできるだけ正確にイメージして、なんとか怒りをこらえた。

「広域指名手配犯B13号について教えてくれないか」

吉岡が息をのんだのがわかった。なんだかひどく熱くなってる事件のようだ。がたがたと安ものの椅子が鳴る音がして、吉岡が立ちあがったのがわかった。

「ちょっと待ってろ。場所を変えて、すぐにかけ直す」

おれがのんびりとＨＯＰを取材しているあいだに、なにかが起きていたのは確かなようだった。


おれは首都高のしたで、ガードレールに腰をおろした。取材ノートをとりだして、吉岡の電話を待った。きっちり九十秒で、携帯電話が震えだす。

「おまえにはあきれるな。なんで、そう鼻がいいんだ」

おれが鼻がいいわけではなかった。おれのところにトラブルをもちこむ相手が悪いのだ。

「いいか、今日の夕刊にでるニュースだから、マコトにも教えておいてやる。昨夜、要町《かなめちょう》の地下鉄駅付近で、二十一歳の女子大生が拉致された。濃い色のワゴン車で、のっていた男たちは四人だ」

おれはメモをとりながらつぶやいた。リンを襲った相手ときっと同じだ。

「Ｂ13」

「その可能性が高いな。やつらは全員で、女子大生につっこんで、雑司《ぞうし》が谷《や》の墓地に女を捨てた。被害者は病院から警察に通報している。局部にひどい裂傷があって、何針か縫わなければならなかったそうだ」

おれはリンの言葉を思いだした。レイプは二回起きた。一度目は黒いワゴン車のなか、二度目は警察署の取調室。

「なあ、あんたのところじゃ、レイプの被害者を泣かすようなひどい事情聴取はしてないよな。おっさんの刑事がよってたかって、根掘り葉掘りききだすような」

「ふざけんなよ、マコト。昔はそういうことがあったが、今はちゃんと婦人警官の立会いがあるし、ムチャな聴取なんかするわけないだろ。おれたちは市民にやさしい警察だぞ」

吉岡の声でそんなスローガンをきくと、なんだかおかしくてたまらなかった。

「だけど、なんで池袋周辺なんだろうな」

いまいましげに薄毛の刑事がいった。

「どうして、そいつをしってんだ。おまえ、うちの署に盗聴器とかしかけてないよな。先月からこれで五件目だ。そのまえは広域指名手配というくらいだから、東京都と近郊三県でやつらは犯行を繰り返していた。ふたりがかりで若い女をワゴン車に連れこみ、レイプして人気《ひとけ》のないところに捨てる。B13の犯行と考えられている同様の事件は、これで三十八件目だ。まあ、口をつぐんでいる害者《ガイシャ》もたくさんいるだろうから、実際には五十人を超える女が襲われているんだろうな」

おれはリンのような性暴力被害者が五十人も集まった教室を想像した。エアコンなどなくても北極点のように空気は冷えこんでいることだろう。

「そうだったのか。誰かがB13をとめなきゃ、月にふたりのペースで被害者は増えていくってことになるんだな」

うなるように吉岡がいった。

「ああ、そういう計算になる」

おれは四人のレイプ犯の精巣について考えた。今回の事件はやつらの精巣が満タンになるまえに、やつらをつかまえなければならない。そうでなければ、隔週でリンのような目にあう女が増えていく。吉岡が最後にいった。

「いいか、マコト、こいつは警察のネタだからな。いい情報があればまっさきにおれに教えろよ。Gボーイズのやりかたには、危なくていつもひやひやしてるんだ」

さすがに少年課と生活安全課が長い刑事だけのことはあった。池袋のストリートのことは、おれに負けずによくわかっている。

「ああ、わかってる。タカシにもいっておくよ。なんとかあんたたちで、B13をとめてくれ」

おれはそういって電話を切った。不景気でも、デフレでも、夏休みの猛暑日でも、B13の四人組の身体の奥では時限爆弾のように新たな精子が製造されているのだろう。そいつが満タンになって、池袋の街にぬるぬるあふれだす気味の悪い絵が頭に浮かんだ。

誰かに欲望を満たす道具としてあつかわれるのは、どんな気分なのだろう。

おれはリンの強い笑顔を思いだし、重い腰をあげた。


その日の午後、ブルーシートハウスをあまりにたくさん見すぎたのかもしれない。

おれは店にもどると、ベートーヴェンの第九交響曲がききたくてたまらなくなった。いつの日か人類はみな兄弟になる。さあ、ここにつどって、ともにうたおう。現実が厳しいと、夢のようなメッセージに癒《いや》されたくなるものだ。CDは別になんでもよかった。これくらいの名曲になると、誰もが感動しながら演奏してるので、ちゃんとしたききものになる。おれのところにも第九は七、八枚のディスクがあった。やっぱりこういう大作は、ダウンロードしてきくもんじゃないからな。

おれはその日の夕方、せっせとスイカを売った。熟《う》れすぎたやつはざくざくと切って、皮を捨て、赤い身に割り箸を刺して、店頭で売る。一本二百円だが、甘いだけの清涼飲料水よりずっとうまいとおれは思うよ。

西一番街の空が夏の夕日に燃えるころ、おれの携帯電話が鳴った。小窓を確かめると、昼間会ったヤスからだった。さっそく晩めしのおねだりだろうか。おれは気軽に電話にでた。

「ようヤス、晩めし、なにがくいたいんだ?」

きこえてきたのは、ブリザードのような氷の王の声だった。

「その晩めし、おれもつきあわせてもらうぞ」

タカシがくるなら、おれとふたり池袋のイケメンツートップがそろうことになる。警備の手配とかしなくてだいじょうぶだろうか。なにせファンの数がなみじゃないのだ。まあ、悔しいことに九十五パーセントはタカシ目あてなんだが。

「おまえがくるのはいいけど、なにか用があるのか」

タカシの声が熱帯低気圧のように圧力を増していた。やつはなにかに怒っている。

「おれのほうでも、マコトに依頼がある」

「わかった。ヤスと代わってくれ」

電話のむこうで気圧配置が変わった。低気圧から太平洋高気圧へ。ヤスの頭はいつも能天気だ。

「マコトさん、おれもう腹がぺこぺこですよ。西口の回転寿司ブクロ市場にしませんか？　おれあそこの寿司大好物で」

夜九時集合を約束して、おれはスイカ売りにもどった。いつか人類はみな兄弟になるか。そうするとホームレスも、レイプ犯も、刑事も、ストリートギャングもみな、おれの兄弟ということになる。おれはオレンジ色に焼けた雲が帯のように流れる駅まえの空を見あげた。なんだか、そいつも悪くない気がした。

ブクロ市場は、ネタが新鮮で、びっくりするくらい切り身がでかく、値段もでたらめに安い。いつも行列ができてる人気店だ。まあ、おれの場合回転してない寿司はめったにくう機会がないので、どれくらいのレベルなのかはよくわからないが、十分にうまいとだけいっておこう。マグロの赤身やウニの軍艦巻きといっしょに、ティラミスや杏仁《あんにん》豆腐もまわってるんだがな。

おれが九時ちょうどにいくと、行列を離れたところでヤスとタカシが立ち話をしていた。昼間より明るいパチンコ屋のネオンのまえだ。いつもタカシについているボディガードは、行列の先頭近くでならんでいる。こういうつかいかたができるなら、ボディガードも便利なものだった。

「待たせたな」

おれが挨拶《あいさつ》すると、タカシがこちらをちらりと見ていった。

「そういう台詞は主役のものだろ。別に待ってはいない」

ボディガードのひとりが、やってくるといった。

「キング、順番まわってきました。ボックス席ふたつ用意できたそうです」

タカシは当然のことのようにうなずくと、純白のトレーニングスーツで自動ドアを抜けていく。おれたち下々の者も閣下のあとに続き、体育館のように広い回転寿司店にはいった。


今夜はGボーイズのおごりだと、タカシからいいわたされたヤスは値の張る金の皿ばかり狙《ねら》い撃ち始めた。大トロ、ウニ、大トロ、ウニ、ときどきアワビや生ボタンエビなんかをつまんでは、また大トロ、ウニの波状攻撃。おれはいくらタダでも、そんな下品なくいかたはできなかった。だいたいそれじゃ、どんなにうまい寿司でも、すぐ飽きがくる。タカシはおれにいった。

「こいつは放っておいて、おまえのほうの話を先にすませろ」

おれはうなずいた。どうもこの男といっしょだと、調子が狂っていけない。ヤスはすでに十枚以上の金の皿を積みあげていたが、おれは迫力に押されてまだ五枚目。こはだ、ひらめ、あじ、中トロ、しめさば。おれはどっちかというと青い魚が好きだ。

「なあ、ヤス、あの施設で暮らしてるって話だけど、どういう流れでそうなったんだ」

やつは五皿目の大トロに手を伸ばしながらいった。

「バイト先でちょっとしでかしちまって、これはいよいよおれもホームレスに転落かなあというときに、噂をきいたんです」

おれのほうには目もくれずに回転寿司のベルトコンベアをにらんでいる。タカシがいらついて、声を一段と冷えこませた。

「このあと話がつまってる。早くしろ」

さすがにヤスの食欲も、タカシの雪玉のような声にはかなわなかった。手を休めて、おれのほうをむいた。

「若いホームレスを探している施設がある。そこにいけば、住むところも世話してくれるし、生活保護にもつなげてくれる。とりあえずは安心だって」

「そいつが小森のところのＨＯＰか」

「そうです、マコトさん。でも、あそこはきくと住むとでは大違いだから」

ヤスが今度はウニに手を伸ばした。タカシはどこかで夕食をすませてきたのだろう。涼しい顔でお茶をのんでいる。あの弁護士はホームレスの自立支援をビジネスベースでやりたいといっていた。そこにどんな問題があるのだろう。

「保護費はどれくらいでてるんだ？」

ヤスは欠けたまえ歯をむきだして笑った。歯のすきまから大トロがのぞいて、おれはデートのときには注意しようと思った。

「よくわかんないですけど、おれの場合は十六、七万じゃないですか」

意外だった。そいつはホームレスに転落しかけたヤスにとっては命金のはずだ。

「なんで、おまえ自分の月々の保護費がわかんないんだよ」

ヤスは情けない顔になった。

「だって、ＨＯＰにがんがん天引きされるんですよ。おれのところにはいるのは、三万だけですから。最初にいくらもらってても関係ないんです」

タカシの醒《さ》めた声が、ボックス席に響いた。

「ああ、なるほどな。福祉をくいものにするビジネスか」

おれはせっせとメモをとり始めた。どうやら、これでは小森のところに好意的なコラムは書けそうもない。


ヤスの話は、日本に残された最後の成長産業、貧困ビジネスのあからさまな実態。

ＨＯＰでは毎日朝と晩の食事がでる。ほとんど生きていくのに最低限のカロリーぎりぎりぐらいの安あがりの食事だ。そいつに月六万。炊きだしのときだけ、外のメディアを呼んで大盤振る舞いを見せるのだそうだ。

部屋代には月五万。電気代、ガス代、水道代は当然別で、夏には冷房費という名目で月二千五百円がさしひかれる。ぺらぺらの布団も当然一日二百円のレンタルだった。

「おれは職業訓練もやってるってきいたけど？」

「ああ、形だけのパソコン室はありますけど、今どきソフトはＸＰですよ。パワーポイントもつかえないし、映像をあつかうにはメモリも足らないし、それで一時間の使用料金は千五百円なんです」

だんだんと金髪の弁護士のからくりが見えてきた。マスコミの評判を気にするはずだった。若いホームレスが集まるほど、自分のところの利益はでかくなるのだ。しかも、そいつは営業努力をほとんど必要としない収入だ。ホームレスには訴える相手がいない。ずっとひどい目にあってきて、社会を信用する気もちがなくなっている。銀行口座には毎月国から保護費が振りこまれてくる。あとはそこから天引きするだけでいい。きっと食事や各種のレンタル代は、天引き分の半額以下で外部に委託していることだろう。

タカシが王の無関心でいった。

「なぜ、おまえたちはやられるだけで、立ちあがらない？」

ヤスは新しい金の皿に手を伸ばした。

「しかたないじゃないですか。銀行の通帳もカードもやつらに管理されてるし、マコトさんも昼間見たでしょう？　小森の犬」

なんのことをいってるのかわからなかった。ヤスは大トロを口にほおばっていう。

「ほら、テントで配給してた男たち」

ガタイがやたらにいい、カラフルなTシャツの男たちだ。確かにやつらはボランティアやNPOには見えなかった。

「もめごとを起こすと、あいつらにクルマにのせられて、どこかに連れていかれるんです」

おれははるか昔の幽霊ワゴンの話を思いだした。

「そいつらは帰ってきたのか」

「ええ、ちゃんと帰ってきますよ。でも、そういうやつは二度と施設にさからわなくなる。なにをされたんだときいても、みんな青い顔でなにもされていないというだけです」

どうにも救われない話になってきた。おれは話をきいているうちに、だんだんとヤスの食欲が哀れになってきた。普段の食事では栄養価が足りないのだろう。今夜は何日か分のめしを腹に収めるために必死なのだ。タカシがゆっくりと凍らせた製氷機の氷のような澄んだ声でいった。

「よく話してくれた、食事はとなりのブースで続けてくれ」

ヤスが金の皿をもって、ボディガードの待つとなりのボックス席に移った。タカシが皮肉な口調でいった。

「人間というのは、いつでも自分より弱いやつからなにか奪って生きているものだな」

そうです、ダンナ。それが庶民の生活ってやつでございます。そうこたえてもよかったのだが、おれは黙っていた。そう簡単にあきらめてたまるか。ベートーヴェンだってうたったはずだ。いつか人類がみな兄弟になる。そう信じられなきゃ、汚れた街で生きるかいがないってもんだ。


「なあ、タカシのほうの依頼ってなんなんだ」

おれはガリをすこしかじってお茶をのみ、頭のなかを切り替えた。とりあえずＨＯＰは放っておいて、キングの話に集中しなければならない。なにせやつはおれの一番のクライアントだ。

「黒いワゴン車にのった四人組だ」

あっとひと言漏れてしまった。おれの顔色を読んだタカシが、氷柱《つらら》の先のようにとがった声でいう。

「なにかしってるのか。話せ」

しかたがない。おれは広域指名手配犯Ｂ13号について、昼間吉岡から得たばかりの知識をはたいた。タカシは腕組みをしてきいている。目は半分閉じて、なにを考えているのかわからなかった。王の腹はいつだって読みにくいものだ。

「タカシのほうは、なぜB13を追いかけるんだ？」

タカシはめずらしくため息をついた。感情表現は季節ごとに一度くらいのキングである。この夏の分は早々につかってしまったことになる。

「昨日襲われたのは、うちのチームのメンバーだ。おれはちいさなころから、彼女のことも両親のこともしっていた。近所で育ったんだ。仇《かたき》はとると、みんなに約束したんでな。やつらが月に二回池袋近辺でつっこみをやらかしているときいたら、放ってはおけない。マコト、全力でやつらを捜せ。あとはおれが片をつける」

タカシがテーブルのうえでにぎりしめた拳が、一瞬で血の気が失せて白くなった。身じろぎもせずに、全力をつかったのだ。おれは氷の王が一瞬で沸騰するのを目撃した。こんな気分のタカシのまえに敵として立つやつの不幸を想像する。

もっともB13の四人組にはまったく同情する気にはなれなかった。

やつらの場合、どんな不幸も身からでた錆《さび》。

おれは全速力で頭を回転させた。とはいっても、B13に関してはあまりに情報がすくなすぎる。この数年間警察でも捜しあぐねている犯人だった。

「なあ、タカシ、昨日被害にあった女の子なんだけど、その子から話はきけないかな」

タカシの横をイクラとシメサバのにぎりが流れていった。なんだかシュールな風景。

「むずかしいだろうな。彼女はまだ入院中で、話ができるような状態じゃない。若い男恐怖症になったみたいだ。誰も近くに寄せつけないそうだ。元はのびのびしたいい子だったんだがな」

なぜか遠い目をしている。おれはそれでやっと気づいた。

「タカシ、おまえ、その子と一時期にしろつきあったことあるだろ」

王がかすかに目を見開いた。すぐに平静な顔にもどっていう。

「おまえはほんとに勘だけは鋭いやつだな。何年かまえ半年ばかりつきあって別れた」

おれはがぜんやる気になってきた。タカシの元彼女とリンの仇なら、なにがなんでも討たねばならない。

「わかった。やっぱり話をきかせてくれ。だいじょうぶだ、こっちにはレイプ被害のききこみの切り札がいる。明日の午後でいいから、おれが話をききにいくと伝えておいてくれ」

おれはリンの黒Tのふんわりした汗染みのことを考えていた。これで会うための口実がひとつできた。タカシは不思議そうにいった。

「切り札って、おまえじゃないよな」

おれは池袋のガキの王の冷たさをまねていった。

「ああ、おまえの元カノと同じB13の被害者だ」

タカシはかすかに右の眉だけつりあげて、なにもいわなかった。


翌日の午後二時、おれは巣鴨の都立病院にいた。

手にさげたかごの中身は、メロンとモモとナシとたいしてうまくないスターフルーツ。おれのとなりでは、リンが薄青いサマードレスを着ている。惜しいことに、スカートのしたには濃いグレイのスパッツをはいていた。いや、つま先がサンダルの先にのぞいてるから、あれはトレンカっていうんだっけ。女の着るものは面倒だ。

「この病室ね」

リンがそういって、深呼吸した。ちぎれたネックレスの金のつなぎ目をさわっていった。

「不思議だね、いつも被害者に会うたびに、自分のときのことがフラッシュバックしちゃう」

おれは話をきくためにリンにかんたんに同席を頼んだが、それほどの負担になっているとは想像もしなかった。

「すまない。でも、B13を追いつめるにはどうしても必要なことなんだ」

リンはにこりと意思だけで笑って、おれにうなずいた。

「わかってる。これはわたしだけの問題でも、彼女だけの問題でもない。被害者みんなと、これから被害にあうかもしれない女性全部のためだもんね」

それだけわかっているなら、おれがいうことなどなかった。

「さあ、いこう」

おれたちはむやみに静かな昼さがりの四人部屋の病室にはいっていった。みっつのベッドは無人で、たたんだタオルケットがおいてあるだけ。白いカーテンのむこうには、B13の最新の被害者がいる。おれにはカーテンがぶ厚い壁に見えた。

女の名前は、坂崎有理《さかざきゆうり》。

短いあいだにせよタカシが本気でつきあったくらいだから、池袋にはめずらしいくらいのかわいい子だった。目のまわりには青黒いあざが残り、切れた唇が腫《は》れていたけど。おれがベッドサイドのテーブルに果物のカゴをおくと、ユウリはびくりと身体を震わせる。おれはできるだけ言葉を節約していった。

「あんたにこんなことをした犯人をつかまえるために話をきかせてもらいたい。おれはカーテンの外にいる。実際に話をきくのは、こっちの畑中リンだ」

おれはさっとユウリから離れた。ベッドをかこむカーテンを引き、その外にパイプ椅子をおいて腰かけ、取材ノートを開く。声を抑えて、リンにいった。

「始めてくれ。どんなに細かくて意味がないことでもかまわない。犯人に関することなら、くずみたいな情報でもほしいんだ」

「わかった。よろしくね、ユウリさん」

あとはリンにまかせておくだけだった。おれは男たちの罪をただひたすらきくだけの告解師になったつもりできき耳を立てた。


「まず最初にいっておきたいんだけれど、わたしもユウリさんと同じ目に三年まえにあっているの。あなたの傷ついた心と身体のことは、痛いくらいによくわかる。もう一度思いだすのも悲鳴がでちゃいそうなくらい怖くて、苦しい。それもわかったうえで、お願いしたいんだ。わたしたちを襲った四人組は、この何年かで三十人以上の女性を襲撃している広域指名手配犯なんだ。わたしたちのような目にあう被害者をこれ以上増やさないためにも、話をきかせてください」

カーテン越しにきくリンの声には真心がこもっていた。水性ボールペンをにぎる手にぎゅっと力がはいる。ユウリがいった。

「タカシさんから話はきいてます。できる限りの協力はするけど、わたしもあのときのことはあまりよく覚えていなくて」

「場所はどこだったのかな」

「地下鉄の駅の階段をあがって要町通りにでたのが、一昨日の夜七時半くらいだった。うちは要町一丁目にあるんだけど、家に帰ろうと思って携帯のメールを見ながら歩いていたら、いきなり目のまえにゴムのマスクをかぶった男があらわれて……」

ユウリの声がだんだんちいさくなり、ほとんどきこえなくなった。リンが勇気づけるようにいった。

「それ、わたしのときと同じだ。三年まえはブッシュ大統領だったけど、ユウリさんはどんなマスクを見たの?」

恐怖の的である男にはふれずに、ユウリの意識をマスクに集中させる。リンの尋問はうまいものだった。

「オバマとあれは誰だっけ、額に染みがあるロシアの政治家」

「ゴルバチョフね」

いつも海外の政治家のマスクをつかっている。皮肉な政治マニアか、政治に関心が深いやつだろうか。どこかの新聞の政治部の記者じゃないよな。

「四人の服装は？」

「全員黒っぽい服だった。わたし、抵抗するときにやつらのTシャツやジーンズにさわったけど、どれも新品みたいな感じだったと思う。それもディスカウントショップなんかで売ってるような安ものの感触」

おれはメモをとりながら考えた。服装から足がつかないように、毎回安ものを買い、廃棄処分にしているのだろう。完全に計画的だ。やつらはＤＮＡ鑑定を恐れて、ちゃんと避妊具まで用意している。

「自動車は覚えてる？」

「黒っぽいワゴン車。タカシさんに昔いわれていたから、ナンバーを覚えようとしたけど、ガムテが張ってあって読めなかった。うしろのドアがうえにひらいて、なかに押しこまれたんだけど、車名のロゴとか、エンブレムとかなにもなかったと思う」

「ユウリさんはすごいね。わたしのときには、そんなこと気にする余裕はぜんぜんなかったよ」

ユウリがかすかに息を吐く音がした。笑ったのだろう。

「ここは池袋だからね。ちいさなころから、悪い話はきいてるから」

それからリンは走るクルマのなかでの、実際の犯行について細かに質問していった。おれはここでそいつを話すつもりはないが、ユウリの場合四人で七回のレイプだった。

リンより一回多い。まあ、足し算引き算の問題じゃないけどな。


「そういえば、思いだしたことがある」

ユウリが最後になっていった。

「すべて終わってわたしが半分意識をなくして、ぼろぼろで横になってたとき誰かがいってた。明日もリクルートがあるからって」

リクルートってなんだろう？　シュウカツでもするのだろうか。あるいは新たな犠牲者探しだろうか。

「へえ、ほかにやつらはなにか話してた？」

「うーん、これからはまたちょっと仕事がいそがしいとか、なんとか。ごく普通の話しかしてなかったと思う」

「そうなんだ。わかった。疲れているのに、ありがとうね」

おれは腕時計を見た。カシオの古いGショック。気がつけば見舞いにきてからもう四十五分もたっていた。リンがカーテンから顔をだして、おれにいった。

「マコトさん、ほかになにか質問したいことある？」

名探偵ならいいのにと、そのときほど思ったことはない。おれにはなにもきくことはなかったし、手がかりもなかった。これだけ悲惨な証言をきいても、成果ゼロなのだ。悲しくなる。

「ちょっと、いいかな」

おれはひと言断ってから、カーテンのなかにはいった。その瞬間、おれはひとつの事実に気づいたのだった。そいつも圧倒的なやつ。ユウリとリンを同時に見て、よくわかった。ふたりとも美人である。胸がおおきい。顔はかわいいというより大人顔で、あごがとがって、頬骨が高い。被害者はでたらめに選ばれているのではないのだ。

B13はどこかで、自分たちの好みの女を探しだしては、相手の行動を数日調べてから襲撃をおこなっている可能性が高かった。おれはちょっと興奮して質問した。

「ワゴン車がとまっていたところは、普段から駐車は多いのかな」

ユウリは驚いておれを見ていった。

「ううん、あまりクルマがとまってるのは見たことがないかな」

「人どおりは?」

「狭い路地だから、そんなに多くない」

それから、おれはリンに同じことをきいた。こたえはユウリとうりふたつ。名探偵マコトは鼻高々にいった。

「こいつがどういうことかわかるかな」

ユウリもリンもあきれておれを見ていた。いや、あれはあこがれの目だったのかもしれない。

「いくら東京に美人が多いといっても、人どおりのすくない路地で何時間待てば、あんたたちみたいにかわいい子がとおるんだよ。やつらはわかっていたんだ。あらかじめ、ふたりの通学路を調べて、網を張っていた。やつらはほかのどこかで、あんたたちを見て、何日も行動を調べていたはずだ」

「そうだったの。わたしはずっと狙われてたんだ」

リンが震えながら、自分の身体を抱いていた。たまたまとおりすがりで、狂犬にかまれたわけではなかったのだ。狙いをつけられ、しつこくつけまわされたのである。

Ｂ13は粗暴な連続レイプ犯ではなかった。ナンバーも服装も用意周到だし、すべて計画ずみの犯行だ。四十件も連続して事件を起こし、まだ尻尾《しっぽ》もつかまれていない。

おれはリンとタカシとの約束がだんだん不安になってきた。


新体操教室に指導にいくというリンと、ＪＲ巣鴨駅のまえで別れた。おれはそのまま二駅分の道を汗だくになりながら、池袋まで歩いて帰った。おれの場合、頭の回転が速すぎるから、猛暑日の散歩くらいが、ちょうどいい負荷。

もっともその日はいくら考えても、Ｂ13に関してはなんの進展もなかった。それはそうだよな。被害者ふたりから、犯行の様子は細部まできいた。警察はこいつを四十件近く繰り返して、まだ犯行グループにたどりついていないんだから。

西一番街にもどり、またも平和な店番にもどった。世界でどんな悲劇が起きようとも、きちんと目のまえの小銭を稼ぐ。こいつは大人の立派な処世訓だ。おれの携帯が鳴ったのは、夜九時すぎだった。見たことのない番号だったが、とりあえずでてみる。

「やあ、真島くん、コラムのすすみぐあいはどうかな」

金髪の弁護士にして、やり手の貧困ビジネスオーナー・小森だ。軽く酔っているらしい。なんだか、背後に若い女の声がきこえる。キャバクラ？　自分の会社がテレビでとりあげられ、雑誌のコラムになる。そんなふうに店の女たちに自慢しているのかもしれない。

「ああ、それなんだけどコラムで嘘は書けないから、ＨＯＰには厳しい内容になるよ」

おれは店先の夏の果物にはたきをかけながら、正直にそういった。小森はいきなり怒鳴りだした。

「なにいってるんだ。こちらは貴重な時間を取材に割《さ》いて、部屋まで案内してやったのに。いったいどういう意味だ」

おれはそのときＢ13の件で頭がいっぱいだった。もうＨＯＰはほとんど圏外である。

「そっちの施設に入居しているキャストに話をきいた。こづかいを月に三万くらい残して、あとの生活保護費をすべて召しあげているんだってな」

事実はやつの怒りに油を注ぐだけのようだ。

「だから、正当なビジネスだっていってるだろう。うちがやらなきゃ誰があいつらにアパートを借りてやるんだ。いいか、日本国憲法で保障された保護費の申請さえまともにできないようなやつらばかりなんだぞ。きちんと屋根のあるところで暮らせるだけ感謝するのが筋だろう」

この弁護士の地がだんだんとあらわになってきたようだ。

「それはあんたの考えだろう。別におれはただの原稿書きで、あんたを裁くつもりはないよ。事実を書いて、あとは読者の判断にまかせるだけだ」

突然、小森の声のトーンが変わった。

「そういうことか、よくわかった。真島くんはいくらほしいんだ？」

どういう意味かわからなかった。原稿料なら、雑誌からもらっている。原稿用紙一枚五千円。毎月のこづかいとしては悪くない額だ。

「別にそっちからは一円ももらうつもりはないけど」

「金がほしくてやってるんじゃないのか」

人は誰でも自分が一番大切なものを、人も大切だと思いこむ。おれはたいして豊かではないが、自分の生活には満足していた。すくなくとも事実と異なることを書いて金を稼ぐほど落ちぶれてはいない。

「金はいらない。とくにあんたがホームレスのガキからネコババしたみんなの税金についてては、一円どころか一銭だってほしくない」

「ちょっと待ってろ」

囁《ささや》くような声になった。目の裏に絵が浮かんだ。どこかの高級クラブをでて、カーペットの敷きこまれた内廊下にでる。こういうタイプの男は、どんなふうに人を脅すのだろうか。池袋に住んでいるとたいていの脅し文句はきき覚えがあるものだ。金髪の弁護士は猫なで声になった。

「いいか、真島。おまえにも妹とか姉さんとか、恋人がいるだろう。あるいは昼間連れてた助手でもいい。おまえのまわりにいる女たちを、おまえは全部守れるのか。夜は暗いし、女のひとり歩きは危険だぞ」

最初はなにをいっているのかわからなかった。だが、そいつはおれがこれまでにきいた一番恐ろしい脅迫だ。なにせ昼間にユウリの話をきいたあとだったから。レイプ犯がなにをするのか、詳細にわたって小一時間もメモをとったのだ。

「おれが記事を書けば、おれの近くの女を襲わせるというのか」

小森はもう隠すことなく笑っていた。

「わたしはそんなこと、ひと言もいっていないよ。ただ女のひとり歩きは危険だと、あたりまえのことを注意しているだけだ。勘違いしてもらっては困る」

やつが電話を切りそうなのがわかった。おれが心底ぶるったのに満足したのだろう。おれはあわてて叫んだ。

「いいか、小森、おまえがおれの近くの女に手をだしたら、おまえの誇りの家も、おまえの詐欺みたいな仕事もすべて潰してやるぞ。おれは本気だからな」

小金もちの弁護士はあくまで余裕だった。

「おまえになにができる？　ただの雑誌のライターだろう」

笑い声とともに通話が切れた。おれは怒りのあまり自分の携帯をふたつに折りそうになった。おふくろが二階にあがる階段から顔をのぞかせていった。

「どうしたんだ、マコト。出入りかい？」

さすがに小森のような悪趣味な男でも、このおふくろは守備範囲外だろう。そのときようやく気づいたのだ。いったい普通の弁護士がレイプ犯にコネをもっているものだろうか。いつでも襲撃可能だと、やつはにおわせた。よほど密接な関係があるような口ぶりだった。

それから、もうひとつ怒りのなかから浮かびあがった考えがあった。いくら東京の治安が乱れていても、そうそうあちこちにレイプ専門の集団がいるはずもない。

そこまで気づけばカンタンだった。

あの金髪の弁護士は、Ｂ13をしっている。

裁判官ならすべて状況証拠だというだろうが、池袋のストリートではそれで十分だった。

小森文彦弁護士は、絶対のクロだ。


その夜、おれはリンといっしょに東池袋中央公園にいった。懐かしいレッドエンジェルスの本拠地。過ぎ去った年月にすこしセンチメンタルな気分になる。嵐のような風が吹く晩だった。ちぎれた雲がサンシャイン60のてっぺんをかすめるように空を駆けていく。久しぶりのＧボーイズの集会には七、八十人のガキが集まっていた。ほとんどが各チームのトップの何人か。

公園の一番奥の噴水広場、一段高い御影石《みかげいし》のステージにはタカシが立っている。さすがに数百人というメンバーを束ねるのはしんどそうだった。決まりごとの議事がつぎつぎと流れていく。賛成反対はすべて拍手で決められた。おれは集会が終わってから、タカシと話をするつもりだった。

ひまだったので、公園のなかを流した。一列に植わった木の陰に、ヤスがいた。おれを見るとなぜかやつが顔をそむけた。近づいていき声をかける。

「どうした？　なにかあったのか」

回転寿司はほんの一日まえである。ヤスはおれの目を見なかった。

「いや、なんでもないです。おれ、マコトさんと話しちゃいけないことになってるんで」

やつは周囲を見まわすといった。

「今夜は帰ります。あとで電話しますから。もうおれのことは無視してください」

おれもあたりに注意した。右手のＮＴＴのビルへの出口のところに、例のあざやかな色のＴシャツ男がふたり立っている。そっぽをむいて口だけ動かした。

「小森に脅されたのか」

ヤスは否定も肯定もしなかった。ヤスはおれと炊きだしをくうところをＨＯＰの人間に見られている。あの弁護士はさっそく圧力をかけてきたのかもしれない。おれの胸のなかでも嵐が吹き荒れた。ヤスは片足を引きずって、公園を離れたのだ。昨日はそんなケガなどしていなかった。おれが誰かをなぐりたくてたまらなくなるのは、久しぶりだった。


集会が終わって、おれはリンとタカシのところにいった。

噴水まえには若い女の輪ができて、なぜか中央にはいかつい男たちにかこまれたタカシがいる。おれは女たちをかき分けて声をかけた。

「タカシ、ちょっと顔を貸してくれ」

やつは裸のうえに直接グレイのパーカを着ていた。なぜみぞおちのあたりまで、ジッパーをさげているのだろうか。ファンサービスのつもりだろうか。おれは女たちの敵対的な視線を背中に感じながら、タカシをその場から連れだした。

公園の入口にとまっているメルセデスのＲＶにのりこむ。誰にもきかれたくない話だったのだ。後部座席にタカシとおれ、リンは助手席で運転席にはスキンヘッドのタカシの副長が座った。頭のてっぺんに流れ星のタトゥーはやめてほしい。意味もなく視線がそこにいってしまう。

おれはユウリから得た情報と、レイプ犯の犯行の特徴を話した。それから、小森弁護士に脅された内容に、やつとB13の予測される関係も。タカシの顔がだんだんと白くなってきた。やつは怒りがつのるほど、冷めていく。そういう性格なのだ。

「そうか、あつかいなれた道具のようにレイプ犯をつかう弁護士か。法科大学院で大量に増えたせいか、弁護士の質はがた落ちなんだな」

そういえばこのごろ依頼人の金を着服したり、サラ金への過払い金の取り立てでうまい汁を吸う弁護士が多くなっていた。タカシは氷の声でいった。

「小森とは実はおれも今日の午後面会している」

驚いた。あの男はもうそんなところまで手をまわしているのか。

「おれのことはなにかいってたか」

「いいや、用件はおれへの依頼だ。Gボーイズで生活に困っているやつがいたら、HOPに紹介してほしいといっていた。紹介料ははずむとな。このところ、池袋でやつのところのスタッフがブルーシートハウスをまわってリクルートしてるんだ。その筋で話をとおしたかったのかもしれない。ときどきやつらはうちの集会にも顔をだしていたからな」

おれはそのとき、ある事実に気づいた。

「なあ、そいつらって、あのカラフルなTシャツ着た男たちだよな。どのくらいまえから、Gボーイズの集会にきていた？」

タカシは副長に目をやった。スキンヘッドはおれのほうに振りむくといった。

「ひと月まえだな」

「そうか。やつらはあらかじめ好みのタイプを探してから、その女の生活パターンを調べあげて犯行におよんでいる。そうでなきゃ、自宅のそばの人どおりのすくない路地で、リンやユウリみたいな美人が引っかかるわけないからな」

副長がおれの顔を不思議そうな顔で見た。

「マコトさん、なにがいいたいんですか」

おれはとなりに座るタカシから一月終わりの北風が吹き寄せてくるのを体感した。やつはもう切れる寸前だ。もっともおれだって、タカシの立場なら同じ反応だろう。タカシはメルセデスのひどく静かな車内で、ひどく静かにいった。

「やつらがユウリに初めて出会ったのは、Ｇボーイズの集会でのことだとマコトはいっている。おれの顔を見にきたユウリに、やつらは目をつけた。それが一昨日の犯行の引き金になった」

運転席の副長が顔をそむけるほどの怒りだった。タカシは薄っすらと笑いながら、骨の髄《ずい》まで凍りつかせている。

「マコト、おまえはどう動くつもりだ」

タカシに暴走させるわけにはいかなかった。おれは考えておいたプランを口にした。

「うまくいくかはわからない。だが、最初に小森に揺さぶりをかけてみるつもりだ」

「なにをする?」

「あいつが一番大切にしているのは、メディアでの評判だ。おれはこれから、ゼロワンに会いにいく。やつの手でＨＯＰのサイトを炎上させる」

タカシは笑顔のままうなずくと、あっさりといった。

「なんだ、ＨＯＰのハイツを焼き打ちするんじゃないんだ」

ほんとうにやりかねないから、こいつの場合は危険。

「タカシ、おまえのほうはいつでも動かせるようにＧボーイズの突撃隊を用意しておいてくれ」


夜中まで幹部会を開くというタカシを残して、おれたちは公園を離れた。

駅までリンを送っていくことにした。風がひどく強いし、このあたりは酔っ払いも多い。グリーン大通りを歩きながら、おれはリンにきいた。

「もし犯人をつかまえたら、やつらをどうしたい？」

自分のつま先を見ながら、リンはいった。

「もう何千回も想像したな。やつらをナイフで刺したり、ロープで首を絞めたり、パンツのなかにダイナマイトいれたり。想像だけなら、わたし大量殺人犯だよ」

かすれた声でリンが笑った。

「最初のころはみんな死刑になるといいと思った。そうでなければ、一生刑務所のなかとか。でも、それはむずかしいんだよね、今の法律だと」

レイプに対する判例は重罪化しているが、それでも殺人でない場合、死刑や無期懲役は考えられなかった。

「そうだな、おれたち男のせいで、ごめんな」

リンはぱっと顔をあげて、おれのほうを見た。手を振っていう。

「ぜんぜん、そんなことないよ。好きな人からぎらぎらした目で見られるの、今ではわたしもうれしいもの。悪いのは男の人の欲望でなく、それに負けて性暴力に走るごく少数の犯罪者でしょう」

リンは体操で鍛《きた》えたダッシュで、ほんの二歩ほど距離をつめると、つま先立ちしておれの頬にキスをした。やわらかな唇だが、タカシのパンチのようによく効いた。おれの足元がふらふらになる。

「B13がつかまれば、わたしはほんとうの意味で、もう一度生き直すことができると思うんだ。この三年間であいつらにこんなに近づいたことはなかったよ。マコトさん、感謝してるね。ハイっ」

なにがハイだかわからなかった。リンが手をさしだしてきたのだ。それで、おれはどこでGボーイズが見ているのかもわからないのに、たいへんな危険をおかした。

リンと池袋駅まで、手をつないで歩いたのだ。


「相手はHOPか」

ガス漏れのような声は、ゼロワンだった。この街に住む北東京一のフリーランスのハッカーだ。おれはJRの改札でリンと別れ、また東池袋にとって返した。サンシャイン60のむかいにある二十四時間営業のデニーズが、ゼロワンのオフィシャルな事務所だ。

やつが二台のノートパソコンを開いてなにかしているあいだに、おれはポケットからチラシを一枚抜きだした。裏には小森の貧困ビジネスのあくどい手口が書いてある。まあ、おれの悪意もあって、実際よりもだいぶ悪い内容だ。

「こいつを元にして、あちこちに放火してくれ」

ゼロワンの身体改造癖はあい変わらずだった。顔ではピアスのないところを探すほうがむずかしいくらい。残るは眼球だけじゃないだろうか。なんというかアクセサリーショップの店頭みたいな顔になっている。

「HOPなら、炎上はカンタンだな。もうネットでは悪い噂でもちきりだ。代表があんな嫌味な男ではしかたないな。ネットの住人は外見重視だ」

「今度のギャラは全部Gボーイズにつけてくれ。炎上がカンタンなら、あの小森って弁護士の過去を探っておいてくれないか。つぎにきたとき教えてもらうよ」

おれはふと気づいて、がりがりにやせたゼロワンに質問した。

「なあ、あんたは昔デジタルの海のなかにある自分のためだけの情報を探してるっていってたよな。神さまがくれる情報。そいつは見つかったのか」

ゼロワンは夢見るように窓の外にそびえる超高層ビルを眺めていた。嵐の空にサンシャイン60が無数の蛍光灯の明かりを振りまいている。やつは満足そうに首を横に振った。

「いいや、見つからない。だが、決して見つからないものを、探し続けるのも悪くない人生だと最近は思うようになった。おれたちは生まれたときから愚かで、愚かなまま大人になり、愚かなまま年をとって、愚かに死ぬ。そういうことのすべてが、そう悪くないとな」

デジタルの世界の賢人か。おれはやつにつきあって、クリーミーパールミルクティをのんでデニーズを離れた。

その明けがたのこと。

なぜか苦しい夢を立て続けに見て、おれはようやくきちんと眠りに落ちたところだった。枕元に放り投げたジーンズのポケットで携帯電話がうなりをあげた。フラップを開くと、しらないアドレスからメールが届いている。胸騒ぎがして、受信ボックスに飛んだ。題名のないメールの本文はただ一行。

＞こいつを見とけ！

あとはやけに長ったらしいアドレス。おれはカーソルをそいつにあわせて選択した。ひどく重いデータの受信が始まる。15%……25%……45%……60%……75%……90%。数字が増えていくたびに、心臓がリズムのはずれたおかしな鼓動を刻んだ。１００%ちょうどで、自動的にムービーの再生が始まった。

「いやー、やめて」

リンが悲鳴をあげていた。

おれの目のまえは怒りで真っ赤になった。

携帯ムービーの画面は暗かった。

シートをフラットに倒したワゴン車の後部座席のようだ。リンの両手を男たちがふたりがかりで押さえている。ブラジャーはちぎれて片方の肩にぶらさがっていた。リンは必死に男を蹴ったが、下半身にまわりこんだ男は短いフックでリンのわき腹をなぐった。リンは身体をくの字に曲げて痛みに耐えている。男たちのマスクは、プーチン、オバマ、キム・ジョンイル。

リンの身体から力が抜けたところで、男が動きだした。リンはどんな声も相手にきかせるのが嫌だったのだろう。目を閉じて、唇をかみ締めている。まえ髪がひと筋唇のあいだに流れていた。男たちの獣のような息がきこえるだけだ。リンは死んだ人形のように無反応で無表情だった。

恐ろしく長い三十秒の最後の瞬間、なぜかリンは目を開き携帯のカメラをまっすぐににらんだ。力をこめて叫ぶ。

「負けないで」

それは、おれへの命がけのメッセージ。

おれは感動した。自分がとことんまで追いこまれていても、リンはおれのことを気づかっていたのだ。B13や小森なんかに負けるな。自分への怒りに負けるな。その怒りのせいで暴発したがる誘惑に負けるなと、リンは伝えたかったのだろう。

おれはそのとき、ほんものの勇気をわたされたのだと思う。

それにほんもののプライドがどういうものか、骨の髄まで思いしらされた。

怒りは別な力に変わっていた。おれたちはやつらを追いつめる。必ずリンの仇はとる。だが、そいつはやつらがやったような粗暴な方法ではダメなのだ。

悲鳴で始まったショートムービーは、おれへのメッセージで終わった。

両手で携帯を包むように抱いて、おれは自分の布団のうえで身体を丸めた。ひと粒だけ涙を流した気がする。おれは全力で考えた。今はそれしかできることがなかった。警察に届けることは想定にはなかった。おれがもつ証拠はこの携帯ムービーだけだ。ＨＯＰのスタッフのなかにＢ13がいるということは証明できない。どれも頼りない状況証拠だけなのだ。警察は任意で話くらいきくかもしれないが、やつらはその後どこかに消えておしまいだろう。つぎにやつらを見つけるのは、絶望的に困難になる。

リンのことは心配でたまらなかったが、それは生命の危機についてではなかった。Ｂ13は冷静な確信犯だ。レイプはしても、殺人はしない。それは確信に近かった。おれはムービーをタカシの携帯に送信した。こちらも一行だけ、メールを加えておく。

＞おれと話をするまで、このムービーは見るな。

すぐに電話がかかってきた。タカシの声は寝起きでも、まったく乱れた素振りを見せない。

「なんだ、マコト。話せ」

今度はおれはふざけなかった。

「リンがさらわれた。たぶんB13のやつらだ。おれにリンのムービーを送りつけてきた」

「……その、レイプのか」

タカシが言葉をいいかけてためらうのを初めてきいた。

「そうだ。そいつを見ておいてくれ。朝イチで会おう」

「場所は」

「ウエストゲートパーク」

それでおれたちは朝の六時に待ちあわせることになった。おれは起きだして、着替え、机にむかった。まだ約束の時間まで二時間はある。今度の件を徹底的に考え抜くのだ。リンの無事を祈ることとやつらの弱点を探すこと。それ以外に、リンの全力の「負けるな」にこたえる方法などなかった。

おれは負けない。それはおまえが負けるなといったからだ。

おれは取材ノートを一枚ずつめくり始めた。

夏休みの朝六時のウエストゲートパークをおれはなめていた。

ラジオ体操の時間で、年寄りと小学生がPダッシュパルコのバーゲンの行列のようにわいている。おれたちは円形広場から離れて、東京芸術劇場のまえに集合した。キング・タカシ、おれ、スキンヘッドの副長、それに小柄だが恐ろしく厚い胸をした突撃隊のヘッド。四人で池袋の頂点会議だ。タカシがいつもの氷のひと言。

「朝イチでHOPに突撃して、小森とスタッフ全員をさらう。あとはどこか静かなところで口を割らせるっていうのはどうだ？　そいつが一番解決まで短時間だ」

確かに悪くないアイディアだった。おれは二時間必死で考えたが、突破口は見つけられなかった。なによりリンを相手が押さえている限り、うかつに手はだせない。そのときおれの頭にカンタンな方法がひらめいた。やつらがリンをさらうなら、おれたちは小森の身柄を押さえればいい。

「リンはまだB13のところだ。おれたちも人質をとらないか」

とたんにタカシがまぶしいほどの笑顔になった。

「あいつをおれが自由にできるのか。そいつは最高だ」

突撃隊のヘッドもおおよろこびだった。なにせこのところ池袋の街は平和で、ぜんぜん武闘派の出番がない。池袋サミットはほんの数分で終了した。

「で、どこにいけば小森がいるんだ」

「まかせてくれ」

おれたちは劇場通りにとめてあるクルマにむかって歩きだした。メルセデスのワゴンとGMCのミニヴァンだ。おれは携帯電話を抜いて、不眠症のハッカーを呼びだした。ワンコールでガス漏れの音がする。

「マコトか、なんだ」

「小森の住まいはわかるかな」

ゼロワンのプライドはえらく傷ついたようだ。ため息をついて、やつはいう。

「今の季節はなんだ？　おれに質問するなら、もうすこし難易度をあげてくれ。いいか、いうぞ。豊島区目白二丁目十四番の……」

おれはあわてて、立ちどまってメモをとった。

「ありがとう、助かったよ」

通話を切ろうとしたら、ゼロワンがいった。

「じゃあ、ちょっと回収に骨が折れたほうの情報を教えてやる。小森は法学部の学生時代に、同じ大学の女子学生に対する性的暴行と傷害で、一度訴えられている。相手が告訴をとりさげたから問題にはならなかったが、あいつの親はだいぶ金をつかったみたいだ」

思いついておれはきいてみた。

「親の職業は？」

盛大にガス漏れの音がして、ゼロワンが笑っているのがわかった。

「弁護士」

おれもちょっとだけ笑ってしまった。ゼロワンはいった。

「そのころやつはアメフト部に在籍していた。やつとなかがよかったと思われる男たちの顔写真と氏名を送ろうか。そいつらの学生時代の住所と電話番号、実家の住所をつけてもいいな。そのうちの四名が小森といっしょに告訴されてる。残念ながら四人のほうは告訴されて退学させられた。まあ、実際の暴行への加担のしかたも、小森より一段と悪質だったみたいだ」

おれは携帯電話をもったまま、思い切りジャンプしてしまった。ラジオ体操第二のピアノにぴったりのタイミング。タカシがおれのほうをおかしな目で見ていた。おれはみんなにきこえるように叫んだ。

「今度の仕事の請求は、思い切りぶったくっていいぞ。タカシはいくらでも払うからな」

副長がなにをいってるんだって顔で、おれのほうをにらんだ。タカシはさくさくとカキ氷のように歯切れよくいった。

「いいニュースがあったみたいだな」

おれはやつの肩に右手をかけた。

「ああ、小森の住所とB13との接点がわかった。やつらは五人そろって学生時代に性的暴行で告訴されてる」

タカシの感想は、王さまらしく簡潔だった。

「ツッコミ仲間か。全員クズだな」

そのとおりだった。だが、どんなクズでも、罪はきちんと清算させなければならない。


目白二丁目は南池袋に隣接する豊島区でも有数の高級住宅街。どこかの建築家が設計したしゃれた一軒家と低層の高そうなマンションが建ちならぶ静かな街だった。自動車の走行音よりも、小鳥の鳴き声のほうがやかましいくらい。

朝食をゆっくりとすませたおれたちは、朝八時半から、明るいベージュのタイル張りのマンションのまえに二台のクルマをつけた。こちらは総勢七名。おれ以外はタカシもふくめて、荒事が得意なやつばかり。やつらは猟犬のようにオートロックの出入り口をにらんでいる。おれはといえば、メルセデスの後部座席で携帯電話の情報を懸命にノートに写していた。Ｂ13のメンバーの氏名だ。新井《あらい》公博《きみひろ》、進藤《しんどう》翔《しょう》、吉見《よしみ》久信《ひさのぶ》、五十嵐《いがらし》智之《ともゆき》。最初のふたりが小森と同じ法学部で、あとのふたりは商学部だった。

学生時代はそれぞれ夢があったことだろう。だが、退学と同時に新卒採用も一流企業への就職も泡と消えた。そいつらが自暴自棄になるのも無理はなかった。おれのように最初からコースをはずれていれば問題はないが、順調に生きてきたやつは一度の脱線で世界が終わると思ってしまう。まあ、Ｂ13には同情の余地はないんだが。

朝九時すぎに、見慣れた金髪がオートロックのガラス扉を抜けてきた。ピンストライプのスーツに黒い靴。マンションのまえの駐車場にむかう。同時にＧＭＣとメルセデスがやつをはさむように停車した。Ｇボーイズの突撃隊が、やつの両手をつかんでＲＶに押しこんだ。おれたちは全員、黒い目だし帽で顔を隠している。顔のわからない誰かに拉致されるのは、さぞ恐ろしかったことだろう。女たちのことを考えれば同情する必要はない。

小柄な突撃隊のヘッドがうしろ手にやつの手をプラスチックの梱包用コードでとめた。足首も同じようにぱちんとくくる。口にはＳＭ用のボールギャグを押しこんで、後頭部でベルトを締めた。小森がつりあげられた魚のように跳ねると、タカシが短いフックを横腹にたたきこんだ。リンがなぐられた場所と同じだが、衝撃は数倍だっただろう。小森は激しくせきこみ、目に涙を浮かべた。

「カ、カ、カへなら、やる……助けへ、くれ」

タカシはおれを見た。病院で見たユウリの顔を思いだす。おれはタカシにうなずいてやった。今度は逆のわき腹にものすごく早いフック。小森はよだれを垂らして身体を丸めた。おれはやつの目のまえに携帯電話をつきだした。なにもいわずに、メールの受信ボックスを見せる。こいつを見とけ！

リンのショートムービーが始まった。メルセデスとGMCはゆっくりと雑司ヶ谷霊園のまわりを周回するコースにはいった。邪魔者は誰もいない。おれは三回やつに同じムービーを見せて、目だし帽を脱いだ。ここからは交渉だ。まあ誠実にやらなくちゃならない。おれは嘘をつくつもりはなかった。


メルセデスの左側には、さまざまな形の墓石が見えた。十字架に、仏教の四角いもの、なかにはイスラム風の石もある。ここは無宗派の霊園だ。静かにおれはいった。

「今のムービーをよく見たか」

小森は全力でうなずいた。

「映っていた男は何人だった？」

「さ、さ、三人……」

おれは携帯の画面を切り替えた。ゼロワンからの画像つきメールだ。最初にアメフト部の合宿かなにかの集合写真が映って、小森はぎゅっと目を閉じた。涙がこぼれる。

「映っていた三人はどれだ?」

おれは添付画像を切り替えていった。小森は見たくないようだった。タカシが正確に先ほどと同じところをなぐった。力は三分の一くらいだろうか。こういうときのタカシの氷の声には迫力がある。

「見ろ。おまえの古い友人だ」

おれは手元のメモを読みあげた。

「新井か、進藤か、吉見か、五十嵐か。みんな、大学時代からのおまえの親友だろ。まさか、あんた自身がこのなかにはいってるわけじゃないよな」

小森は全力で首を横に振った。

「やつらは警察が広域指名手配犯B13号として捜査中の四人組だ。この数年間で四十件近い婦女暴行を犯している。そいつもわかっているな」

金髪の弁護士の目が泳いでいた。タカシが耳元に口を近づけていった。

「こたえろ」

また全力でうなずいた。おれはシナリオどおりにいってやる。

「あんたはやつらと一蓮托生《いちれんたくしょう》になる必要ないんじゃないか。生活保護費の詐取なら、額にもよるがせいぜい数年の懲役ですむだろう。だが、B13のメンバーなら軽くて二十年、長ければ三十年は打たれるはずだ。あんたも弁護士ならよくわかってるよな」

小森は力なくうなずいた。おれは迷彩服を着た突撃隊のヘッドにいった。

「口輪をはずしてやってくれ」

涙声で小森はおれにいう。

「わたしになにをさせたいんだ？」

「やつらはやりすぎたんだ。Ｂ13をおれたちに売れ。おまえの身柄とさっきのムービーの女を交換する。おまえが電話をかけろ、相手は新井でも進藤でも吉見でも五十嵐でもいい。だが、おまえたち全員の実家はわかっている。おれたちから逃げられると思うなよ」

　こうした場面では、Ｂ13よりもＧボーイズははるかに恐ろしかった。全員でにらみつけると、十五秒で小森の心が折れた。

「わかった、電話する。どうすればいいんだ」

「今日の正午、池袋ウエストゲートパークにリンを連れてこいといえ。おまえと交換だ」

　そのあと小森の顔を見ていた。必死に逃げる方法を考えている表情だった。だが、やつらは決して逃げられないだろう。Ｇボーイズは一滴の水も漏らさない包囲網を張る。小森たちには、こちらの人海戦術は予想外のはずだ。

　おれはスーツの内ポケットから小森の携帯を抜いた。

「余計なことはいうなよ。勝手にうたえば、タカシに好きなだけおまえをなぐらせる」

　タカシは悪くないという顔で、にっこりと笑ってみせた。


　Ｇボーイズはそのまま時間まで、ゆっくりとクルマを走らせた。おれはといえば、さっさと西一番街でメルセデスをおりている。なにせこんな日だって、店は開けなきゃならない。それに一本大切な電話をかける用事があったのだ。おれがウエストゲートパークにいったのは十一時半すぎ。東京芸術劇場のガラスの三角屋根には、ハトが二十段もあるシンフォニーの音符のようにびっしりととまっていた。すでに気温は三十五度を超え、この夏二十回目くらいの猛暑日だ。

おれは劇場通りのメルセデスのウインドウをノックした。クルマのなかにいう。

「そろそろだな。足のコードだけはずしておいてやれよ」

おれは深呼吸をして、空を見あげた。いつもの硬い夏空が海の底のように深く広がっている。さあ、一気に決めるのだ。こいつの筋書きを書いたのは、おれだ。おれはB13にけじめをつけさせるつもりだったが、タカシやGボーイズに傷をつけるつもりはなかった。

連続レイプ犯とタカシじゃ役者の重さが違う。

約束の時間ちょうどに、黒いアルファードがやってきた。わナンバーはレンタカーの番号。メルセデスの横には、おれとタカシが立っている。黒いミニヴァンから男がふたりおりてくる。顔を見てわかった。進藤と吉見だ。

おれはなにももっていないことをわからせるために、両手を開いてゆっくりと近づいた。

「彼女は無事か」

クルーカットの進藤がうなずいた。

「無事といえば無事だ。さんざんおもちゃにしたがな」

おれはとなりのタカシに目をやった。だいぶ冷えこんできたけれど、まだ切れるまではいかないようだ。進藤がいった。

「小森はどうした？」

タカシがクルマのほうをあごで示す。

「荷物ならそのなかだ。今からおろす、おまえたちも彼女をだせ」

迷彩服のヘッドが小森をＲＶからおろした。リンの形のいい裸足のつま先がミニヴァンからのぞく。うしろ手に縛られているようで、リンの横には真夏なのにフィールドコートを着たバカでかい男が身体を添わせていた。こいつが五十嵐だろう。タカシが口の端でいった。

「マコト、あれ」

その男はサバイバルナイフをリンのわき腹に押しあてていた。太陽を受けると短い刃が強烈に光をはねた。タカシがいう。

「おれのスピードなら、やつのナイフをたたき落とせる。おまえはまえにいるふたりをとめられるか」

おれはぜんぜん肉体派なんかじゃない。だが、そのときはそんなことをいっている場合ではなかった。飛びついてでも、最初の進藤と吉見をとめるしかない。おれが動けば同時に、ヘッドと副長も動くだろう。そして誰よりも速くタカシは五十嵐の右手に飛びつくはずだ。おれはやつの速さを信じた。やつの速度は光速よりもすこし遅いくらい。そんな人間をＢ13が見たことがあるとは思えなかった。おれはリンに目でサインを送った。アクションの声がかかったら、その場に倒れるかしゃがみこめ。念をこめてそう送ったはずだった。だが、そのときタカシよりも先に意外な方向から、意外な声が響いたのである。

「警察だ。動くな」

吉岡の声だった。B13の男たちには、その声は銃声のように効いた。タカシにはまったく逆だ。声と同時に動いて、やつは五十嵐のあごの先に、駆けながら短い左のジャブストレートを送った。高名な荒事師・影《シャドウ》に絶賛された最短で相手の意識を刈りとるパンチだ。五十嵐はナイフをもったまま、その場に崩れた。おれはリンに駆け寄った。ちぎれたワンピースのまえをあわせてやる。

おれはあのムービーでいわれた言葉を返した。

「おれは負けなかったぞ。リン、おまえもこんなやつらには負けなかった。いいか、なにをされても絶対におまえは負けてなんかいないないからな」

リンはおれの胸に頭をあずけて、おおきな声をあげて泣きだした。おれは裸の肩をなでてやった。吉岡がきていった。

「こいつは楽だな。B13を現行犯逮捕か。おまえにはほんとにかなわないな」

あたりはいつのまにか警察官の制服で埋まっていた。警官にかこまれて、ミニヴァンからあきらめた運転手がおりてきた。四人組のB13と小森がパトカーに連行されていく。遠くから救急車の音が近づいてきた。

「ほめるなら、リンのことをほめてくれ。今回の事件は彼女が三年間やつらを追い続けたから、解決したようなもんだ。あとはタカシとGボーイズのおかげ」

吉岡がやけに二枚目の声をだした。

「おまえはまたなにもしてないというわけか。病院までその子につきそってやれ。でも、あとでうちの署に必ず顔だせよ。署長も久しぶりにマコトの顔を見たがっていた。あの人ももうすぐここを離れて、警務課の警視正だ」

おれは最近貫禄を増してきた横山《よこやま》礼《れい》一郎《いちろう》署長のことを思いだした。タカシが吉岡にいった。

「こちらの事情聴取も必要なのか」

やつはおれと同じで、高校時代から吉岡とは顔なじみ。吉岡はため息をついた。

「まあ、形だけな。ナイフ男をとめたから、おまえに賞状がでるかもしれない」

救急車がやってきて、後部ハッチが開いた。担架がおりてきたが、リンは横になるのを断った。自分の足でのりたいのだ。おれはハッチが閉まるまえに救急車のなかから声をかけた。

「Gボーイズのキングが警察から賞状をもらうなんて、最低にいけてないな」

タカシがなにかをいいかけたところで、ハッチが閉まった。おれとリンをのせた救急車が近くの病院に駆けていく。おれたちは車内でずっと手をにぎっていた。恐ろしい夜をすごしたあとなのだ。それくらいは大目に見てくれ。


広域指名手配犯B13号の逮捕は、でかいニュースになった。もっともリンとタカシのことは伏せられたから、あまりおもてには流れていない。最近は裁判員裁判になって、レイプには厳しい判決がでているから、やつらの場合はたぶん懲役三十年コースになるのではないかという話だ。

四人はHOPで働きながら、犯行を繰り返していた。その事実をしっていてとめなかった小森文彦弁護士は従犯として起訴される可能性が高いという。生活保護費の不正受給と詐取に、その罪が加わるのだから、小森の弁護はきっとたいへんだろう。まあ、やつは自分自身で自分を弁護するということなので、勝手にするといいとおれは思う。

ＨＯＰはオーナーとスタッフが抜けて、自然消滅という形になった。こちらもネットの炎上から始まって、貧困ビジネスの裏があばかれ、さんざん週刊誌のネタになったから、Ｂ13ほどではなくても、あんたも覚えているかもしれない。


リンは三日後に退院して、池袋署で婦人警官に調書をとられた。今度は二度目のレイプも失礼もなかったという。おれはリンが署から帰るとき、ウエストゲートパークで待ちあわせて、正式につきあってくれと申しこんだ。リンは自分はもう汚れているといったが、おれは自分も同じだといってあきらめなかった。

なあ、おれたちはこの時代に生きて、みな手を汚している。それでも心のどこかには汚れていないところがきっとあるはずなのだ。完全にクリーンでいることも、汚れ切ってしまうことも、普通の人間には困難なのだとおれはバカだから思う。それに女だって、男だって、ちょっと汚れているくらいのほうが魅力的なのだ。

リンとのつきあいは今も続いている。おれがどんなふうに肉食男子であるかは、ふたりだけの秘密だ。


タカシとは一週間ほどして、やはりウエストゲートパークの円形広場で落ちあった。すこしだけ涼しくなったが、まだ三十度を超える午後、やつは新作の秋のスーツであらわれた。ベージュの細身のダブル。またジャケットだけで二十万を超える高級品なのだろう。おれはあい変わらず古着のジーンズに、肌になじむぺらぺらのTシャツ。だが、おれたちがパイプベンチに座ると、ぴたりと決まるのだから、男は格好じゃない。

東武デパートのぎざぎざのハーフミラーの壁面に、実物よりも白い積乱雲が映っていた。あたりは学生と仕事をさぼった会社員とホームレスが自由にいきかっている。噴水のほうから下手くそな弾き語りのラブソングがきこえた。いつもの西口公園の夏の午後だ。タカシの氷はだいぶ角を丸めているようだった。照れたようにやつはいう。

「ユウリとよりをもどした。今回はおれのせいで、あいつをひどい目にあわせたからな」

「そうか」

おれは罪滅ぼしのために恋愛を再スタートするのはよくないとはいわなかった。恋愛だって、おれのまずいコラムといっしょだ。運がよければ続くし、悪ければどんなに努力しても続かない。

「だけど、マコトが最後にサツを仕こんでいたのには驚いたな。最初からそのつもりだったのか」

おれは夏空を見てから、首を一度だけ横に振った。

「いいや、タカシがあまりにも怒っていたから、そんな気になったんだ。おまえに誰かを殺させるのはおれは嫌なんだ。あのムービーを最初に見せたとき、おれはおまえが怖かった」

そいつは同時におれ自身も怖かったという意味だ。人は圧倒的な怒りに負けることがある。悲しみでも不安でも怒りでも憎しみでもうぬぼれでもいい。自分の感情に心を全部くわれることがあるのだ。その点では、リンの最後のひと言が特効薬だったのだ。負けるな。このうんざりするような世界にも、自分の心にも負けるな。

「マコトとも長いつきあいになったな」

おれは人にはとてもいえないストリートの冒険の数々をともにかいくぐってきたタカシの横顔を見た。なんだかすこし淋しげ。

「なんだよ、これでおしまいみたいに」

池袋のキングが片方の頰で笑っていった。

「わかってる、おまえもおれも引退しようにも、まわりが許してくれないな。だが、秋がくるまでしばらく休むのもいいかもしれない。リンとユウリを連れて、四人でどこか高原にでもいかないか」

十数年もほとんど一心同体で動いてきて、初めての旅行の誘いだった。ひと足早い秋がきている軽井沢かどこかの高原で、タカシと昔の話をするのもいいかもしれない。おれたちはたくさんの時代の痛みを目撃し、ときにその渦のなかで夢中になって動いた。解決できたトラブルも、できなかったトラブルもある。幸福になったやつも多いが、忘れられないのは傷ついたり、救うことのできなかったやつばかりだ。おれもタカシも神さまでなく愚かな街で生き延びるただの人間にすぎない。

それでも、すべてはリンのいうとおりなのだ。闘いを投げずに、あきらめなければ、いつか必ずこちらの攻撃の番がまわってくる。つぎにおれの番がくるまで、ほんのちょっと休むのもいいだろう。だいじょうぶ、池袋の街にもウエストゲートパークにも変わりはないはずだ。

ここでおれたちは出会い、争い、傷つけあい、無数の輝きをあげたり、もらったりする。街の物語には終わりがない。すっかり忘れていたが、こいつはおれ自身の昔の言葉。

つぎに会うときには、また愉快でスリリングな嘘をたくさん用意しておくよ。

最後にひと言。あんたがどれほどきついところで生きているのかはわからない。

だが、おれは全力でいう。

負けるな、明日は必ずやってくる。

つぎのステージで、また会おう。

初出誌「オール讀物」

データＢＯＸの蜘蛛　二〇〇九年十二月号
鬼子母神ランダウン　二〇一〇年二月号
北口アイドル・アンダーグラウンド　二〇一〇年五月号
ＰＲＩＤＥ　二〇一〇年八・九月号

PRIDE—プライド
池袋《いけぶくろ》ウエストゲートパークX

2010年12月10日　第1刷

著　者　石田衣良《いしだいら》

発行者　庄野音比古

発行所　株式会社 文藝春秋

東京都千代田区紀尾井町3-23

郵便番号　102-8008

電話（03）3265-1211

印刷　凸版印刷

製本　加藤製本

定価はカバーに表示してあります。

万一、落丁・乱丁の場合は送料当方負担でお取替え致します。
小社製作部宛お送りください。

ISBN978-4-16-329810-8

池袋ウエストゲートパーク

池袋のトラブルシューター・マコト登場。
個性豊かな仲間たちとともに、池袋の街を疾走する。
オール讀物推理小説新人賞受賞作。

単行本・文庫

少年計数機

池袋ウエストゲートパークⅡ

つねに計数機を持ち歩き天才的な記憶力をもつ少年ヒロキ。
実の兄に誘拐された彼を助けるべくマコトが動き出す。
ヒロキの父であるヤクザを出し抜くことができるか？

単行本・文庫

骨音

池袋ウエストゲートパークⅢ

若者を熱狂させる音楽に混入する不気味な音の正体は——。天才ミキサーの天国の〝音〟への偏執にマコトとタカシが正義の鉄槌を下す。

単行本・文庫

電子の星

池袋ウエストゲートパークⅣ

三百万という大金を残して失踪したキイチ。心配した幼なじみが彼の部屋で見つけたのは、不気味な肉体損壊映像が収録されたＤＶＤだった。

単行本・文庫

反自殺クラブ

池袋ウエストゲートパークⅤ

親を自殺で失ったミズカ、ヒデ、コーサクの三人組。ネットの集団自殺サイトで暗躍するクモ男をマコトと反自殺クラブは阻止できるのか。

単行本・文庫

灰色のピーターパン

池袋ウエストゲートパークⅥ

副知事の主導で繁華街浄化作戦がはじまった。清潔になった街からは客足も遠のいてしまう。池袋の窮地を救うべくマコトが立ち上がる。

単行本・文庫

Gボーイズ冬戦争

池袋ウエストゲートパークⅦ

Gボーイズのチームが次々襲撃された。
犯人は目だし帽の五人組か、影と呼ばれる謎の男か?
そんなかキング・タカシに叛旗を翻す者が現われた。

単行本・文庫

非正規レジスタンス

池袋ウエストゲートパークⅧ

悪徳人材派遣会社に立ち向かうユニオンのメンバーが
次々に襲撃された。潜入捜査をこころみたマコトが
見たものは、過酷な格差社会の現場だった。

単行本・文庫

ドラゴン・ティアーズ——龍涙《りゅうるい》

池袋ウエストゲートパークIX

茨城の工場から研修生の中国人少女が脱走した。研修生全員の強制退去まで、タイムリミットは一週間。捜索を頼まれたマコトは、裏組織〝東龍《トンロン》〟に近づく。

単行本のみ

赤《ルージュ》・黒《ノワール》

池袋ウエストゲートパーク外伝

小峰が誘われたのは、カジノの売上金の狂言強盗。成功したと思ったそのとき、目の前で金を横取りされた。シリーズでおなじみの面々も登場する男たちの死闘。

文庫のみ

ＩＷＧＰコンプリートガイド

「池袋ウエストゲートパーク」ファン必携の完全ガイド

特別インタビュー、ストーリー紹介、キャラクター図鑑、池袋詳細マップ、マコトの音楽ライブラリーほか。書き下ろし短篇「北口アンダードッグス」収録。